치킨런

(Chicken Run)

전민식 지음

답

차례

1. 투 대디!

마지막 수업 시간. 10분쯤 후면 종이 울릴 텐데 깜빡 잠이 들었다. 그리고 그 짧은 시간 악몽을 꿨다. 엄마 오른편에는 연상의 남편인 넘버 원이, 왼편에는 연하의 남편인 넘버 투가 서 있었다. 꿈속에 엄마와 아빠들이 나오는 건 처음이라는 걸 꿈속에서도 자각했다. 악몽이었다. 꿈속에 모두가 등장하면 아무튼 사소하더라도 재수 없는 일이 일어났다. 굉장히 긴 시간이 흐른 것 같은 기분에 사로잡혀 있는데 금요일 마지막 수업 종이 울렸다. 나는 화들짝 놀라 꿈속에서 빠져나왔다. 두 아빠가 나오다니, 악몽 중에 상 악몽인데…. 교실 문을 열고 나가던 문학 선생님이 뭔가 생각난 듯 나를 잠깐 쳐다봤다.

"야, 네 로망!"

민재가 속삭이며 내 옆구리를 쿡 찔렀다. 가뜩이나 꿈 때문에 정신이 없던 터라 나도 모르게 의자에서 벌떡 일어났다. 괜히 얼굴이 달아오르고 심장이 뛰었다. 선생님은 잠깐 손을 들었다가 내려놓았다. 그리곤 그냥 교실을 빠져나갔다. 선생님은 교실 창문 너머로 신기루처럼 사라졌다. 사랑 따윈 아무것도 아니라고 엄마가 늘 그랬다. 시도 때도 없이 문학 선생님 얼굴이 떠오르는 걸 보면 엄마의 말은 거짓말 같다.

"아 이제 해방이다!"

나는 두 팔을 뻗고 기지개를 켰다. 민재가 슬쩍 나를 쳐다보았다.

"꼰대스러운 말하지 말라니까."

자유, 투쟁, 해방이니 하는 말들을 친구들은 잘 쓰지 않았다. 하지만 우리 집에선 일상어였다. 나는 민재를 쳐다보며 히죽 웃었다. 나는 책을 덮고 가방을 쌌다.

"오늘 저녁에 드래곤에서 봐."

"나 주말에 알바 하는 거 몰라?"

"유난 떨기는, 아무튼 학원 끝나고 연락할게."

민재가 가방을 싸며 말했다.

"너 혹시 사고 쳤냐?"

민재는 교실 출입문에서 머뭇거리는 문학 선생님을 가리
켰다.

"당근이지."

민재가 바짝 다가앉았다. 가방을 뗐다. 옆자리의 선영이
내게 눈길을 줬다. 선영과 눈이 마주친 민재가 가방을 들고
일어났다.

"아무튼 학원 끝나고 저녁에 닭집으로 간다."

"야!"

민재는 엄마가 하는 치킨집을 꼭 닭집이라고 불렀다. 손
을 뻗어 민재를 잡으려다가 말았다. 촌스럽게 닭집이 뭐냐
고 여러 차례 핀잔을 주었지만, 민재는 치킨 하우스라 부르
겠다고 말해놓고는 다시 '닭집'이라고 불렀다. 민재는 가방
을 들고 부리나케 교실을 빠져나갔다. 복도 창으로 오르락
내리락하는 민재의 머리통이 보였다. 선영이 길게 한숨을
내쉬며 천천히 일어났다. 같이 가자는 폼이었다. 야자를 선
택한 친구들은 우르르 식당으로 달려갔다. 어차피 난 공부
에 흥미가 없었던 터라 선택이던 야자를 2학년으로 올라오
며 미련 없이 버렸다. 야자를 하지 않는 아이들은 대부분 학
원에 다녔지만, 난 학원도 다니지 않았다. 이제 성인이니 내
맘대로 하는 거다.

가방을 들고나오자 선영이 뒤따라 나왔다.

"너, 야자 안 해?"

선영에게 물었다.

"이번 주부터 학원 다니잖아."

나도 막연하게나마 학원 같은 곳을 다녀봤으면 했다. 지금까지 학원이라곤 초등학교 3학년 때 태권도 학원에 다닌 게 전부였다. 엄마나 그녀를 추종하는 아빠들은 사교육 폐단 운운하며 내가 학원 다니는 걸 결사적으로 반대했다. 옛날엔 학원 같은 건 없었다면서, 공부 잘하는 놈은 학원이나 과외 같은 걸 받지 않아도 공부만 잘한다고, 사춘기를 학원에서 보내는 건 더없이 슬픈 일일 것이라며 반대했다. 그들은 모른다. 학원에 가야 친구들과 놀 수 있다는 것을. 그래도 섭섭하진 않다. 이제 놀 나이도 지났으니까. 1년만 지나면 고등학교도 졸업이었다. 그러니 이젠 미련이 없었다. 학원 같은 거 안 다니면 나야 좋지만 그래도 그들은 지구인이 아닌 게 분명했다.

나는 가방을 어깨에 걸친 후 교무실 쪽으로 걸어갔다. 학교 후문에서 집으로 가는 길이 더 가까운 터라 교무실 쪽 건물 출입구로 드나들었다. 그런데 교무실에서 뒷걸음질 치며 나오는 남자가 보였는데 눈에 익었다. 무릎 해진 청바지에 남색 차이나 칼라 셔츠에 거무튀튀한 조끼.

'아니 저 인간이 여길 왜…'

남자를 알아본 순간 걸음을 멈추고 뒤로 돌아서려는데 남자는 나를 발견하고 번쩍 손을 들었다. 우리 집 넘버 투였다. 그 뒤에 담임 선생님이 서 있었다. 악몽이 현실로 나타났다. 괜한 꿈이 아니었던 것이다.

"어이, 아들 수업 끝났냐?"

그는 기어이 아는 체를 했다. 나는 못 들은 척 서둘러 반대쪽으로 걸어갔다. 선영이 종종걸음으로 따라왔다.

"아들, 어디가? 선생님, 아빠가 나타났다고 쑥스러워하네요. 먼저 가겠습니다."

복도를 돌아 설 즈음 그는 목소리를 더 높여 말했다. 그의 말이 복도에 쩌렁쩌렁 울려댔다. 시위 나가면 매번 선봉에 선다고 했다. 사람들을 독려하고 용기를 북돋아 주는 목소리라고 했다. 그건 엄마나 다른 아빠가 인정했다. 나 역시 그의 목소리가 매력적이라는 건 인정했다. 하지만 그 목소리는 시위 현장에서나 써먹어야지. 나는 걸음을 더 재게 놀렸다. 선영이 서두르다가 내 등에 부딪혔다.

"아까 저 사람이 아빠야?"

나와 같은 방향으로 가던 선영이 눈을 동그랗게 뜨고 나를 따라왔다.

"아냐."

선영이 고개를 살짝 내밀고 복도 쪽을 쳐다봤다. 나는 선영의 팔을 잡아끌었다.

"아들이라고 부르던데?"

선영의 눈이 동그랗게 떠졌다. 선영의 말이나 표정이 눈에 들어오지 않았다. 내가 앞서 걸었고 선영이 뒤를 따라왔다.

"네 아빠 저렇게 젊었어? 완전 늙은 대학생이잖아, 대박인데."

선영은 자꾸만 뒤를 돌아다보았다.

"야, 혹시 네 엄마 재혼?"

사실 난 그들의 존재를 설명할 길이 없었다. 우리 엄마와 아빠들, 여자 한 명과 두 명의 남편. 보통의 세계에서는 이 조합의 가족이 가능하다는 것부터 이해할 수 없을 터였다. 일부다처제는 먼 나라에 아직도 존재하지만, 일처다부제는 아마 우리 집이 유일할 듯.

"그런 거 아니거든."

"그럼 고딩 때 널 낳게 만들었다?"

"아니라고!"

선영은 내가 소리를 지르는 데에도 호기심이 줄어들기는 커녕 더 왕성해졌다.

자기를 아빠라고 주장하는 그 인간이 도대체 학교엔 왜 나타나서 나를 곤란하게 만드는 걸까? 하긴 내 아빠라고 주장하는 사람이 어디 한 둘인가. 골이 지끈거렸다. 헤어스타일이라도 좀 단정하게 하고 오든가 할 것이지. 숱이 많아 조금만 머리가 길어도 머리통이 엄청나게 커 보이는 건 그의 가장 큰 단점이었다. 그리고 이왕이면 정장 차림으로 올 것이지. 담임 선생님을 만나러 온 거 같은데. 그 인간이 담임 선생님을 왜 만나러 온 거지? 나는 건물 출입구 쪽으로 달리듯 걸어갔다. 아빠라 주장하는 그가 금방이라도 따라와서 내 뒷덜미를 잡고 활짝 웃을 것만 같았다. 덩달아 선영이의 걸음도 빨라졌다.

"진짜 너네 아빠야?"

"몰라!"

나는 버럭 소리를 질렀다. 선영이 멈칫거렸다. 나는 정문 근처 벤치에 앉아 가방에서 런닝화를 꺼냈다. 선영이 쭈뼛거리며 다가왔다. 나는 신고 있던 단화를 가방에 넣고 가슴에 가로질러 맸다.

"할 말이 뭐야?"

선영은 나를 물끄러미 쳐다보았다.

"오늘도 집까지 뛰어가니?"

"알면서 뭘 물어."

"고민이 있었는데… 지금은 없어졌어. 그런데 아까 그 남자 진짜 너네 아빠야?"

선영은 빙글빙글 웃고 있었다.

"모른다고 했잖아!"

모른다는 건 아주 애매한 대답이었다. 아빠일 수도 아닐 수도 있다는 대답인데 사실은 나조차도 알 수 없었다. 누가 내 진짜 아빠냐고 물으면, 두 남자가 자신이 아빠라고 말했다. 유전자 검사 같은 거 해보자는 말은 차마 못 했다. 감이지만 어쨌든 우리 집에 사는 두 남자는 아빠가 아닐 거라는 생각 때문이었다. 학교 아이들한테는 그런 사정 이야기 감춘 채 고등학교를 졸업할 수 있을 거로 생각했는데, 선영이 알아버렸으니 글렀다.

나는 벤치에서 벌떡 일어나 정문을 빠져나갔다. 학교 앞에는 학원에서 나온 버스가 줄줄이 서 있었다. 노란 색깔의 '천재스쿨' 버스가 눈에 띄었다. 혜정이 친구들과 어울려 깔깔거렸다. 혜정이 내게 잠깐 눈길을 주었다가 고개를 돌렸다. 그녀는 미련 없이 반대편으로 걸어갔다. 그러고 보니 혜정이 역시 야자도 안 하고 학원도 다니지 않았다. 혜정이와 공통점이 하나 있다는 사실에 괜히 기분이 좋았다.

나는 달리기 시작했다. 잠깐 고개를 돌려보자 혜정이 뒤돌아보는 모습이 보였다. 선영이의 얼굴도 보였다. 선영이 손을 들었다가 내렸다. 나는 달렸다. 신호에 걸려 정차해 있는 그 인간의 RV차가 보였다. 하필이면 인도 쪽에 서 있었다. 그는 창문을 열어놓고 나를 불렀다.

"아들, 집까지 태워줄게."

그가 소리를 질렀지만 나는 못 들은 척 미루나무 가로수 길을 달렸다. 저 인간이 아빠라면 도대체 나를 몇 살에 만들었다는 거야. 가방 속의 신발과 몇 권의 책들이 뜀을 뛸 때마다 벌떡대는 심장처럼 들썩거렸다.

2. '인생 뭐 있어' 통닭

우리 엄마가 하는 통닭집의 이름은 '인생 뭐 있어'였다. 60계, 프라닭, BBQ, 굽네, 둘둘, 교촌, 홀라라… 이런 그럴싸한 이름이 아니라 '인생 뭐 있어'라니. 한번은 엄마와 아빠들에게 우리도 그럴싸한 이름의 통닭집으로 바꾸어보자고 말한 적이 있었다. 어찌 된 일인지 엄마와 두 아빠는 일말의 망설임도 없이 단숨에 손을 내저었다. 대형 프랜차이즈 통닭집은 갑질을 일삼는다는 게 고개를 젓게 만든 이유였다. 대형 프랜차이즈는 노동자는 물론 가맹점주들의 노동까지 착취해 가면서 정작 상생이라는 건 눈곱만큼도 생각하지 않는 족속들이라는 거였다. 게다가 가맹점은 장사가 되든 말든 로얄티까지 꼬박꼬박 챙겨 가맹점주를 더 허덕이게 만드는 그런 집단이라고도 말했다. 무엇보다 우리나라 통닭집 평균 수명이 3년 정도인데, 수만 개의 통닭집들이 프랜차이즈 본사들 배만 불려주고 개인은 결국 거리에 나앉게 만들고는 모른 척하는 파렴치한이라고도 덧붙였다. 그에 비해 거의 10년째 통닭집을 운영하면서도 망하지 않은 건, '인생 뭐 있어.'가 독립적이고 자주적인 통닭집이며 원조 통닭집이어서 가능하다고 말해주었다. 통닭 정통의 맛을 고집하는 '인생 뭐 있어'는 자영업자들이 앞으로 모색해 나가야 할 전형이라며 두 아빠들은 떠들어댔다.

아닌 게 아니라 사거리에서 골목 쪽으로 3m쯤 들어온 곳에 자리한 통닭집이지만 저녁 시간이면 제법 손님들로 붐볐다. 배달 주문도 심심치 않게 있었고 어느 땐 새벽 늦게까지 장사를 하기도 했다. 닭도 팔고 술도 팔고 그랬다.

가게 문을 열고 들어가자 벌써 세 팀이나 술판을 벌이고 있었다. 나와 상미는 가게 안쪽으로 들어갔다. 엄마가 생맥주를 들고나오다 우리와 마주쳤다.

"우리 상택이랑 상미랑 왔네?"

엄마는 보통은 내 이름이나 상미의 이름을 부르지 않았다. 그냥 아들, 딸 그랬다. 그래서 엄마가 막상 내 이름을 부를 때면 약간 겁이 났다. 뭔가 즐거운 일이 있을 때도 그렇게 불렀다. 아무튼, 둘 중 하나였다.

엄마는 손님 테이블에 생맥주를 날라다 준 후 돌아왔다. 안쪽 테이블에 밥상이 펼쳐져 있었다. 여섯 명이 앉을 수 있는 자리에 다섯 벌의 수저가 준비되어 있었다. 다섯 벌? 나와 상미가 안쪽으로 들어가 앉았다. 잠시 후 뒷문이 열리며 두 남자가 등장했다. 엄마를 너무도 사랑한다는 두 남자. 그래서 같이 살면서 나와 상미의 아빠 노릇을 하는 두 남자가 나왔다. 학교까지 왔던 좀 마른 체형의 남자와 조금 살집도 있고 어깨도 단단해 보이는 남자가 나의 두 아빠였다. 말도 안 되는 이야기이지만 우리 집은 그랬다. 그런데 중요한 건 엄마도 두 사람을 남편으로 인정하고 있는 듯하다는 점이었다. 친구들이 알게 되면 콩가루 집안이라고 놀릴 게 뻔해서 나는 지금까지 감춰왔던 건데. 선영이가 봐 버렸으니.

그러니까 우리 가족은 엄마 한 명에 아빠 두 명, 그리고 나와 여동생이었다. 가능한 이야기인지 모르겠지만 뭐 불가능한 이야기도 아니었다. 그런데 오늘처럼 우리 가족이 가게에 한꺼번에 모인 건 드문 일이었다. 두 남자는 갈라 앉았다. 넘버 원이 내 곁에 앉으며 어깨를 두드려주었다. 그에게선 늘 마른 연탄 냄새가 났다.

그러고 보니 테이블 위에 올라온 반찬도 달랐다. 김치와 단무지, 어쩌다 통닭이 올라오는 밥상에 케이크, 잡채, 김, 탕수육, 된장찌개, 코다리조림, 콩나물, 볶은 감자, 조기, 계란찜…. 한 마디로 진수성찬이었다.

"오늘 넘버 원 생일이에요?"

상미도 내가 그를 부르는 호칭을 그대로 따라 불렀다. 넘버 원이 미소를 지으며 고개를 저었다.

"너희들 몰랐구나. 오늘은 엄마랑 아빠들이랑 결혼한 날이야."

알 턱이 없었다. 지금까지 그런 날을 기념 삼지 않았기 때문이었다. 게다가 두 남자와 한 여자가 결혼하는 건 본 적도 없었다. 하긴 넘버 원과 넘버 투가 우리 집에 들어온 건 내가 초등학교를 졸업하던 때였다. 그날을 생각하면 지금도 어리벙벙하다. 두 남자가 나와 상미를 끌어안고 그동안 고생했다며, 자기들이 나와 상미의 아빠라며 부둥켜안고 울었다. 아빠 없이 살다가 한 날 동시에 두 명의 아빠가 생긴 것도 그렇지만 그 사실을 아무렇지도 않게 받아들이는 엄마 역시 수상했다.

상미나 난 오래 지나지 않아 두 아빠를 인정했다. 없는 것보단 나으니까. 게다가 둘씩이나 되다 보니 힘든 일은 둘로 나누어졌고, 좋은 일은 두 배가 되었다. 용돈도 두 배, 잔소리도 두 배로 늘었지만 세 사람은 지금의 현재를 심각하게 받아들이지 않았다. 자식들은 부모를 보고 배운다고들 말하던데 나야말로 그런 것 같았다. 두 아빠와 한 엄마의 상황을 그들이 묘한 조합으로 받아들이지 않고 당연하게 받아들이니 나 역시 그게 이상하지 않았다. 그건 상미도 그런 듯했다.

분명한 건 지금까지 엄마와 두 명의 아빠가 아무런 문제 없이 잘 어울려 살고 있다는 점이다. 나로서는 도저히 이해할 수 없는 점이었다. 또한, 누구에게도 알릴 수 없었다. 언젠간 들통나겠지만 말이다. 그나마 다행이라면 넘버 원의 나이 정도라면 엄마와의 사이에서 나를 낳았을 수도 있겠다고 추측할 수 있다는 정도였다. 그래도 좀 말이 안 되는 게, 엄마가 나를 스무 살쯤에 낳았다면 가능했지만, 그러면 임신한 상태에서 대학에 다녔다는 말인가? 하지만 지금까지 그 사실에 관해 물어본 적은 없었다.

"옛날엔 이런 거 안 했잖아."

상미가 젓가락을 들고 두 아빠와 엄마를 번갈아봤다.

"올해부터 기념하기로 했어."

두 아빠가 언제부터 우리 곁에 있었지? 그것도 모르겠다. 어느 날 눈을 떠보니 아빠가 둘이었다. 목욕탕 갈 때는 넘버 투와 가고, 마트에 갈 때는 넘버 원과 간다. 미용실에 머리자르러 갈 때는 넘버 제로와 간다. 우리가 가족인 건 오래되었다는 말이다. 적어도 15년은 넘지 않았을까? 그 세월 동안 소소한 말다툼을 하는 건 봤어도 엄마와 아빠들이 얼굴을 붉혀가며 싸우는 걸 보지 못했다. 콩가루지만 좋은 가족이었다.

한번은 나와 상미를 입양한 게 아닐까 의심했던 적도 있었다. 그런데 살짝 눈꼬리가 처진 눈매나 볼에 가볍게 피는 보조개도 그렇고, 결정적으로 나와 상미 그리고 엄마가 왼손잡이라는 사실이 그런 의심을 단숨에 지워버렸다. 왼손잡이만 골라서 입양하진 않을 테니. 그게 만약 우연이라면 정말 기가 막힌 우연이겠지만 말이다. 더 결정적으로 놀랐던 건 오른발의 새끼발가락 모양새가 너무도 똑같이 닮았다는 점이었다. 새끼발가락 발톱이 넓적한 것도 그렇고, 발톱이 둥글게 자라는 모양새도 빼다 박았다. 나는 슬쩍 세 사람을 살폈다. 지금까지 겪어본 이 세 사람은 거짓말 같은 걸 할 사람들은 아니었다. 게다가 가슴 속에 뭔가 무거운 비밀 같은 걸 지니고 다니는 사람들도 아니었다. 분명한 건 이 세 사람이 나와 상미를 무척 좋아해 준다는 점. 기침이 터졌다. 코다리 조림이 목에 걸렸다. 기침이 터지자 엄마와 두 아빠가 서로 먼저 내게 물잔을 내밀었다. 어쩌면 상미는 모르겠지만 나는 엄마와 두 남자의 유전자를 모두 받은 게 아닐까 싶다. 아무렴 어떤가, 우린 아빠가 둘이니 노동력도 둘이고 돈 벌어오는 사람도 둘이니 나쁘지 않았다. 밤에 치를 어른의 일들은 어찌 정해 치르는지 모르겠지만. 나는 생각 끝에 웃고 말았다. 상미가 살짝 내 눈치를 살폈다.

넘버 원은 소주를 마셨고 넘버 투는 맥주를 마셨다. 엄마는 둘 다 마셨다. 나와 상미는 묵묵히 밥만 먹었다. 세 사람은 지난 이야기를 하며 키득거리며 즐거워했다. 주로 대학 시절 이야기였다.

"형 그 노래 생각 나?"

열심히 코다리조림을 뜯어 먹던 넘버 투가 말했다. 그가 넘버 원보다는 피부도 좋고 슬림한 편이지만, 밥을 입에 넣고 오물거리며 말하는 통에 입 안의 밥이며 찬들이 입 밖으로 튀어나오곤 했다. 우린 이제 익숙해져서 누구도 그런 그에 대해 뭐라 말하지 않았다.

"뭐?"

넘버 원이 물었다.

"눈을 감으면 문득/그리운 날의 기억/아직까지도 마음이 저려 오는 건/그건 아마 사람도/피고 지는 꽃처럼/아름다워서 슬프기 때문일 거야, 아마도/봄날은 가네 무심히도/꽃잎은 지네 바람에."

넘버 투가 홍얼거렸다. 덩달아 넘버 원도 콧노래를 불렀다.

"생각나지. 우리 한참 부르고 다녔잖아."

"아, 그 노래!"

엄마도 말을 거들었다.

"그 목소리 좋은 여자 가수였는데."

"맞아, 맞아. 개성 있게 생기고 카리스마도 있고 말이야."

"그때 그 노래 말고 유명한 노래들 많이 나왔잖아."

"많지."

넘버 원이 운을 떼면 넘버 투가 추임새를 넣었다.

"박상민의 하나의 사랑도 있고."

"왁스의 화장을 고치고."

"도대체 무슨 말들을 하는지 원. 난 하나도 모르겠구만."

상미가 말을 끊었다. 그러거나 말거나 세 사람은 서로를 쳐다보며 눈을 반짝거리며 계속해서 말했다.

"나는 그때보다 1회 강변가요제 때 가수들 노래가 좋더라. 내가 대학 다닐 때 이미 20년 전 노래들인데도 한참들 불렀잖아."

"맞아. 그때 명곡들 많이 나왔지. 언론 통폐합이니 뭐니 해서 그 강변가요제 1회만 하고 없어졌잖아."

"형, 그때 무슨 노래들이 나왔지?"

"나 어떡해."

"가버린 친구에게 바침."

"그대로 그렇게."

"나는 세상모르고 살았노라."

엄마가 한 곡을 말하고 넘버 원이 핑퐁처럼 또 한 곡을 말하는 식이었다. 한 마디로 죽이 잘 맞았다.

"그 노래들이 진짜 그때 나온 거야?"

넘버 투는 진짜로 놀란 듯 눈이 동그랗게 커졌다.

"우리도 엠티 가면 단골로 부르는 노래들이었는데."

"그게 명곡들이라 그래."

"나 어떡해/너 갑자기/ 떠나가면…"

"…나는 세상모르고 살았노라."

노래 한 가락씩 불러 제꼈고 낄낄거렸다.

"도대체 그 노래들이 몇 년도에 나왔던 거야?"

"그러니까 그게 언론 통폐합으로 방송국 하나가 없어지던 해였거든. 아마 1978년도일 거야."

"그러면 그 노래들이 형이 태어나던 해 나온 노래들이라고?"

넘버 투가 넘버 원을 보고 말했다.

"완전 꼰대 시대네."

상미가 혀를 내두르며 말했다.

"뭔 소리야. 겨우 40년쯤 된 거야. 그리고 노랜 영원하잖니."

엄마가 대응했다. 나는 숟가락을 문 채 이들의 이야기를 넋 놓고 들었다.

"그럼 넘버 투는 태어나지도 않았을 때네."

상미가 넘버 투를 쳐다보았다.

"그렇지, 내가 태어난 후지. 그때 노래들 정말 천재적인 노래들이었거든. 그러니까 내가 대학 다닐 때도 줄기차게 불렀으니까. 아마 요즘도 신입생들 엠티가고 그러면 부를 걸. 그 노래들이 그렇게 오래된 건지 나도 처음 알았네."

세 사람은 퍼즐 맞추듯이 한 마디씩 자신이 기억하는 것들을 끄집어냈다. 나는 도무지 알아먹을 수가 없었다. TBC가 뭔지? 해변 가요제는 또 뭔지. 장남들, 블랙테트라, 징검다리, 휘버스…. 봄날은 간다거나 박상민이라는 가수나 그리고 그들이 흥얼거리는 가사들도 생전 들어본 적도 없었다. 발라드 같은데 음정이나 박자가 느껴지지 않아 랩처럼 들리기도 했다.

"맞다. 아까 그 노래, 김윤아의 봄날은 간다!"

엄마가 노래 제목을 맞췄다. 내 단 하나의 소원? 제목은 그럴싸했다. 난 소원이 뭐지?

"오, 맞네. 당신 그 제목을 기억하네."

넘버 원이 말했다.

"그래, 봄날은 간다. 그런데 형!"

넘버 투가 갑자기 젓가락을 테이블 위에 탁 내려놓았다. 덩달아 나와 상미도 조용히 젓가락을 놓았다. 엄마와 넘버 원이 넘버 투를 빤히 바라보았다.

"형, 당신이라는 말 안 쓰기로 했잖아."

"난 또 뭐라고. 인마, 당신이라는 말이 어때서? 지금 말한 당신은 그냥 3인칭이잖아."

"형 얼렁뚱땅 넘어가지 마."

"야, 네가 자기라는 말 쓰는 것보다 객관적인 호칭이거든."

"자기야 말로 3인칭이지. 당신은 흑심이 보이는 단어고."

매일 일어나는 말다툼 중 하나였다. 자기와 당신. 어느 때보다 나보다 어른들이 더 유치하다고 생각하지 않을 수 없는 순간이었다. 당신이나 자기나 도대체 뭐가 다르지? 넘버 원과 넘버 투가 서로 삿대질해대며 자기와 당신이 가진 의미를 별 뜻이 없다는 걸 역설하는 사이 나는 밥을 다 먹었다.

"그만들 해! 자기면 어떻고 당신이면 어때."

"당신이 그러니까 저놈이 맨날 기어오르잖아. 사람이 위

아래가 있는 거라고."

"자기가 중심을 잡아줘야지. 당신이라는 말은 꼰대 같잖아."

"뭐 꼰대?"

넘버 원이 벌떡 일어났다. 넘버 투도 뒤지지 않고 일어섰다. 나는 멍한 눈으로 둘을 올려다보았다. 엄마가 두 사람 손을 잡고 앉힌 후에도 둘은 씩씩거렸다.

"앞으로 날 자기라고도 부르지 말고 당신이라고도 부르지 마!"

유치하다는 생각이 들었지만, 말로 꺼내진 않았다. 두 사람의 말다툼을 정리하는 것은 넘버 제로이자 엄마였다. 아무튼 내가 한 마디라도 꺼냈다간 그들의 화살이 내게 향할 터였다. 넘버 원이 젓가락을 놀리자, 넘버 투도 젓가락을 들었다. 엄마는 심각한 표정을 지은 두 아빠를 대수롭지 않다는 듯 쳐다보았다. 한 차례 피식 웃더니 말머리를 돌렸다. 역시 대학 시절 이야기였다.

"형, 그날 생각나? 내가 백골 애들 피하려고 뛰어가다가 넘어졌을 때 형이 나 업고 뛰었잖아."

엄마는 넘버 원을 형이라고 불렀다. 난 지금까지, 다른 엄마들이 남편을 형이라고 부르는 것을 본 적이 없었다.

"맞아, 그랬지. 그때 넌 어디 있었냐?"

넘버 원이 넘버 투를 쳐다봤다. 바로 몇 분 전에 말다툼한 사이라고는 믿어지지 않을 정도로 두 사람은 서로를 웃으며 쳐다보았다. 종잡을 수 없는 인간들이었다. 조용히 이야기를 듣고 있던 상미가 고개를 저을 정도였다.

"선배도 참, 뒤따라오던 백골 애들 처치하느라고 머리통이 다 깨졌잖아요. 그 덕에 선배랑 자기가 무사했던 거라고."

넘버 투가 다시 자기라는 호칭을 썼다.

"당신 그땐 정말 뼈밖에 남은 게 없었는데."

두 남자가 '자기'라는 말과 '당신'이라는 말을 썼는데도 엄마는 아무런 내색도 하지 않았다. 아무리 생각해봐도 두 아빠와 한 엄마, 이 가족 관계가 부서지지 않고 유지되는 게 신기했다. 이리저리 머리를 굴려도 우리 집은 콩가루 집안인 게 맞았다. 콩가루인 걸 콩가루가 아닌 척하려니 스트레스받았다. 나는 더 이상 그들의 관계에 대해서 고민하지 않기로 했다.

"너, 인마, 방금 자기라는 호칭 안 쓰기로 해놓고선."

"형도 당신이라는 말 안 쓰기로 했잖아."

다시 원점. 기가 막혔다. 언젠가 전설적인 운동권 출신들이라는 말을 들었는데 그건 소문일 지도 모르겠다는 생각이 들었다.

"형, 오늘은 좀 봐줘요. 기분 좋은 날이잖아. 삐딱하게 나가면 여보라고 불러버린다."

"그럼, 난 오늘은 당신이란 말 그냥 쓴다."

"두 사람 다 쓰지 말라니까!"

엄마가 엄포를 놓았다.

"자기 왜 그래. 우리 이런 기념일 갖는 거 정말 오랜만이잖아."

"오늘은 당신이 좀 이해해."

세 사람은 서로를 쳐다보며 깔깔거리고 웃었다. 상미는 밥알을 깨작거렸다. 내가 듣기엔 정말 시답잖은 소리를 해대며 웃는 이들이 한심했다.

"참, 학교 갔던 일은 어떻게 됐어?"

나는 입안에 오물거리던 탕수육을 씹지도 못한 채 넘겼다.

"상택이 이 자식 누가 우리 아들 아니랄까 봐."

넘버 투가 나를 힐끔 쳐다봤다.

"아들 덕에 내가 몇 년 만에 고등학교를 다 가 봤다."

넘버 투가 내게 불쑥 맥주잔을 내밀었다. 나는 엄마와 넘버 원을 번갈아봤다.

"한 잔 정도야, 뭐. 그리고 아빠 앞에서 마시는 건 괜찮아."

엄마가 묵인하자 넘버 투가 잔에 맥주를 따랐다. 내 인생의 첫 번째 맥주였다. 심장이 벌렁거렸다. 친구들과도 마실 기회가 있었지만, 그때마다 난 마다했다. 민재가 준 소주를 한 모금 마신 일이 있었는데 쓰고 속만 메스꺼웠던 경험 뒤로는 아예 술 냄새도 맡지 않았다. 그런데 자연스럽게 손이 나갔다. 상미가 눈을 반짝거리며 차오르는 맥주를 노려봤다.

"학교 숙제로 낸 작문에다가 인생은 곰팡이투성이며 비열함의 연속이라고 썼다지 뭡니까? 어차피 정해진 운명이라면 열심히 비열함과 타협을 하라는 둥, 모든 인생이 시커면 우주에 버려졌으니 쓸쓸해하지 말라는 둥, 자기는 죽으면 묘비명에다가 '갈팡질팡하다가 이럴 줄 알았지'라고 써 달라고도 쓰고, '인생은 복수의 연속이다'라고도 쓰고…. 그랬지?"

나는 목이 말라 단숨에 맥주를 들이켰다. 처음엔 좀 썼지만 시원했다. 작문 때문에 넘버 투가 학교에 왔던 거구나. 그제야 문학 선생님이 수업이 끝난 후 나를 쳐다본 이유를 알 것 같았다. 그런데 그게 뭐? 인생에 대해 적으라 해서 적었는데.

"뭐, 틀린 말도 아니네."

상미가 불쑥 그런 말을 했다.

"딸, 꼭 그런 것만은 아냐. 우리가 살아보니까 인생이란 게 비열함의 연속인 것만은 아냐. 너희들도 살아봐. 나름대로 재미도 있고 기쁨도 있고 보람도 있고 또 슬픔도, 아픔도…."

엄마는 맥주에다가 소주를 섞은 폭탄주를 반쯤 비웠다. 세 사람 중에 아마 엄마가 가장 술이 셀 것이다.

"그래서?"

넘버 원이 닭다리를 들고 말했다. 그때 손님이 생맥주를 더 주문했다. 엄마가 자리에서 일어났다.

"아빠인 내가 알아서 잘 타이르겠다고 했죠. 좀 조숙한 편이라 그런 거라고. 집에서 책을 많이 읽어서 그런 것 같은데 책 좀 못 읽게 하겠다고 그랬습니다."

"아니, 그렇다고 네가 학교에 왜 가?"

"그럼, 어떡해요? 강 선배는 시장 봐야지, 선배는 발전소에 있지. 그러면 누가 갑니까? 그리고 나도 충분히 자격 있다고요."

"발전소는 무슨, 난 탄이나 주우러 다니는 사람이야. 알잖아. 그것도 머잖아 계약이 끝날 판이야."

넘버 원은 소주를, 넘버 투는 맥주를 들이켰다. 분위기가 조금씩 이상해지는 것 같았다. 상미는 이들의 이야기가 재미있는지, 조금 진지한 표정으로 두 사람을 살폈다. 엄마가 자리로 돌아왔다.

"분위기가 왜 그래? 너희들은 이제 들어가."

"엄마, 용돈!"

상미는 놓치지 않고 말했다. 엄마는 주머니에서 봉투 두 개를 꺼내 건넸다. 넘버 원이 지갑에서 만 원짜리 두 장씩을 꺼내 얹어주었다. 엄마가 버릇 나빠진다고 말했지만, 적극적으로 말리진 않았다. 의자에서 일어나자 몸이 휘청거렸다. 기껏해야 맥주 한잔인데. 나는 조심스럽게 걸음을 옮겼다. 테이블 몇 개가 허벅지에 부딪혔고 냅킨 통 하나가 바닥으로 떨어졌다. 엄마와 두 아빠가 웃었다. 아들에게 술을 먹여 놓고 저렇게 재미있을 수가 있을까.

가게 밖으로 나오자 뜀박질하던 심장이 겨우 진정됐다. 하지만 가게들의 네온 불빛은 춤을 췄다. 심장이 벌렁거리고 다리의 힘도 빠졌지만 마실만한 가치가 있어 보였다.

"오빠, 진짜 넘버 투가 학교에 갔었어? 주책이야, 주책! 누가 보면 중딩 때 사고 쳐서 오빠를 낳은 줄 알거 아냐. 하긴 그러지 말란 법도 없지만. 빨리 들어와."

상미는 집 쪽으로 걸어갔다. 반대편에서 민재가 헐레벌떡 뛰어오고 있었다. 민재가 상미를 알은체했다. 민재는 상미가 골목길로 사라지는 걸 쳐다봤다.

"너 술 먹었냐?"

"그렇게 됐어."

"엄마가 술을 줘?"

"그렇게 됐다니까."

민재와 나는 자연스럽게 동네에 유일한 만화방으로 향했다.

어쩌면 대한민국에 살아남은 유일한 만화방일 것이다. 내가 민재와 친해진 건 만화방에서 만난 뒤부터였다. 우린 서로를 희귀종족이라 불렀다. 대한민국 고등학생이 피시방도 아니고 만화방에 다닌다는 건 분명 희한한 일이었다. 배그도 하고 브롤도 해봤다. 로아도 잠깐이지만 미쳐봤고 오버워치도 정신없이 좋아해 봤지만 희한하게도 난 만화책에 더 매료되었다. 내가 최고로 좋아하는 만화는 역시 원피스였다. 슬리퍼를 찍찍 끌고 다니며 무한한 힘으로 상대를 제압하는 밀짚모자에게 빠져 지금도 헤어 나오지 못했다. 나와 민재가 주로 다니는 분식집이 주로 국수 종류의 음식을 파는데, 가게 이름은 '밀짚모자'였다. 우리가 다른 식당은 가지 않고 그 집만 가는 이유가 순전히 주인아저씨가 밀짚모자 팬이라는 것이었다. 원펀맨, 베르세르크, 진격의 거인, 은혼…. 한 가지 안타까운 건 민재와 내가 좋아하는 만화는 모두 일본만화라는 점이었다. 하지만 처음엔 그게 일본만화인지 알지 못했다. 그냥 만화를 좋아했던 거니까. 나는 특히 밀짚모자를 좋아했고 민재는 원펀맨의 사이타마를 좋아했다.

"밀짚모자 루피랑 사이타마랑 싸우면 누가 이길까?"

유치하지만 우린 그런 대화를 하며 낄낄거리곤 했다. 애니메이션으로도 만들어지고 실사영화로도 만들어졌지만, 그 둘은 너무 과장된 느낌이 들었고 만화는 전혀 과장되게 느껴지지 않아 나는 만화를 더 좋아했다. 민재도 나와 비슷했다. 나나 민재는 넘버 원이나 넘버 투보다 더 늙었다는 생각이 들었다. 스마트폰으로 웹툰이나 유튜브 보는 걸 즐기지 않았다. 종이로 만들어진 만화책 보는 걸 즐겼다. 내가 인생에 대해 지껄인 단어나 문장 대부분은 만화방에서 본 만화에서 얻은 것들이기도 했다.

예전에, 민재와 만화방에 갔을 때 이런 대화를 나눈 적이 있었다.

"한국 만화 작가들은 왜 이런 걸 못 그리냐?"

"일본은 만화 천국이잖아."

"만화 천국인 거랑 그거랑 무슨 상관있어? 그냥 하면 되는 거지."

"넘버 투한테 들은 이야긴데, 일본은 만화 한 편 만들어내는데 거의 중소기업 수준이래."

"뭔 개소리야."

"인마, 그렇다니까. 소재 발굴해주는 작가, 원화 그리는 작가, 스토리 작가, 자료수집하고 취재하는 작가, 색 입히는 작가들이 다 다르대. 건물 하나 얻어서 몽땅 밀어 넣어 놓고 그 만화책 한 권만 생산한대. 전폭적으로 지원도 하고. 그리고 어마어마하게 돈도 번다더라. 우리도 그렇게 하면 그런 만화 나오겠지."

"너랑 나랑 한번 해볼까?"

"나 그림 재주 없어."

"배우면 되지. 공주에 만화대학교 있잖아."

귀가 솔깃했다. 뭐든 배우면 되지 않을까. 민재와 난 암묵적으로 진학할 대학을 만화학과로 꿈꾸었다. 만화학원이 의외로 많다는 사실도 알게 되었고 국비로 지원을 받을 수 있지만, 그건 직장인들의 경우라 나나 민재는 수강료를 내야만 했다. 내가 저녁에 치킨 배달 아르바이트를 하는 건 수강료를 벌기 위해서였다. 민재야 부모님들이 허락만 하면 학원에 다닐 수 있는 처지이지만 난 학원 이야기는 꺼낼 수도 없었다. 하루에 치킨 한 마리도 못 팔 때가 있으니까. 그래도 마냥 꿈에 관해 이야기하던 재밌던 때였다.

"야, 만화방 다니는 고딩은 대한민국에서 너와 나밖에 없을 거다."

"아냐, 만딩고(?) 들어가 보면 그것도 아냐. 만화 좋아하는 고딩들 엄청 많아."

"너 혀 꼬부라졌는데."

"딱 한 잔 마셨어."

"소주?"

"맥주."

"니네 아빠들도 참 대단하다. 내일모레 고3 되는 아들한테 술을 다 먹이고."

"대학 진즉 포기했는데 고3이 뭔 의미가 있겠어."

"만화학과 안 갈 거야?"

"그건 좀 생각해보고. 가도 등록금도 장난이 아닐 테고."

"알바 해야지. 아님, 장학생으로 다니던가."

"미친, 너는 모르겠지만 만화 학원이라곤 입구에도 가보지 못한 내가 무슨 장학생."

"임마, 모르는 거야. 개발새발 그려도 개성 있고 전달력 있으면 되는 거지. 그리고 우리도 우리 진짜 적성이나 재능 모르잖아. 대학 졸업한다고 알까? 난 아니라고 생각해. 대학 졸업해도 그냥 사는 거 같던데. 대학 가는 거 취업 잘하려고 가는 거잖아. 그거에 비하면 우린 좋아하는 거로 대학에 가 겠다는 거니까 혹시 재능 같은 거 있는 거 아니겠어?"

민재가 주절거리는 사이 우리는 만화방에 도착했다. 민 재의 말이 옳았으면 좋겠다. 하지만 내심 내게 만화를 그 리는 재능이 있었으면 좋겠다는 생각이 들었다. 내가 세상 의 부당함을 이해하고, 사랑을 알고 인생의 부조리함을 깨 달은 건 만화방의 만화를 통해서였다. 나는 긴 서사를 좋 아했고, 움직이는 화면보다는 정지된 화면이 더 좋았다. 핸드폰으로 화면을 들여다보면 자꾸 메스거리기도 했다. 희한하게도 민재도 그랬다. 그리고 어쩌면 우리가 해낼 수 있을 것도 같았다.

"너 문쌤이랑 무슨 일 있었지?"

"없었어, 짜샤."

"당근이라면서?"

"그냥 쪽팔려서 그랬다."

민재가 입맛을 다셨다.

"문쌤 눈빛이 보통이 아니었는데…."

나는 민재의 뒤통수를 후려쳤다.

"머리통 때리지 말라고 그랬지!"

나는 깔깔거리고 웃었다. 왜 그런지 자꾸 웃음이 나왔다. 맥주 한 잔이었지만 술엔 마력 같은 게 숨어 있는 듯했다. 민재는 미친놈이라면서 투덜거렸다. 어느새 우리는 만화방으로 내려가는 계단 앞에 섰다.

"상택아, 그냥 가자!"

민재가 서둘러 뒤돌아섰다. 그의 얼굴이 하얗게 질려 있었다.

"왜?"

민재는 막무가내로 내 손을 잡아끌었다. 나는 계단 아래쪽을 내려다봤다. 동천이 올라오고 있었다. 3학년 학생들도 무서워한다는 바로 그 동천이였다. 일진 같은 건 아니지만 일진조차 학을 떼게 만든 녀석이었다. 등교할 때마다 벤츠에서 내린다고 해서 벤츠라는 별명이 붙은 놈이었다. 선생들도 그가 학생이라는 사실을 불편해했다. 몇 년 꿇었다는 말도 있었다. 놈은 키도 컸고 어깨도 넓었다. 고등학생이라고 보기엔 너무 늙은 얼굴과 몸이었다. 동천이 뒤에 남자 하나와 여자애 둘이 따라 올라왔다. 또래 아이들은 만화방에 잘 오지 않았다. 대부분 초등학생이라 맘 편하게 느긋하게 만화책 볼 수 있어 민재와 내가 아지트 삼은 곳이었다. 그런데 만화방이라곤 학원만큼이나 싫어할 것 같은 벤츠를 만나다니. 꿈에서 두 아빠를 보지도 않았는데, 일진조차 싫어하는 동천을 만나다니. 도대체 저 인간이 애들이나 드나드는 만화방엔 왜 나타난 걸까?

"야!"

민재가 잡아끄는 대로 빨리 걸음을 옮겼다면 별일이 없었을 텐데. 나는 민재의 손을 잡은 채 계단 앞에 서서 동천이 올라오는 걸 지켜봤다. 고등학교 1학년 때 같은 반이었던 녀석이었다. 친하게 지낸 일은 없었다. 녀석은 수업 끝나기 무섭게 야자도 하지 않고 학교를 빠져나갔고 학교 아이들과도 어울리지 않았다. 호주에서 몇몇 백인 아이들 몇 명에게 중상을 입히고 추방당했다는 소문도 돌았다.

민재는 계속해서 내 팔을 잡아당겼다. 나는 요지부동이었다. 맥주를 마시기 전에만 만났더라면 나 역시 민재처럼 동천의 패거리를 피했을지도 몰랐다.

"너희들, 이리 와봐."

동천의 패거리 중 한 명이 우리를 불렀다. 정작 동천은 우리를 본척만척했다.

"왜?"

민재가 놀라 내 팔을 놓았다.

"왜?"

한 남자가 어느새 내 눈앞에 섰다. 머리통 하나는 더 커 보였다. 동천이 느릿느릿 계단을 올라왔다.

"오라면 오는 거지."

남자가 손을 들어 금방이라도 때리려는 시늉을 했다. 동천이 말렸고 여자애들이 웃었다.

"너 뭐야?"

나는 눈을 부라리며 반말을 했다. 동천이 히죽 웃었고 남자가 기가 막힌다는 듯 숨을 몰아쉬었다. 여자들도 나를 흘겨봤다. 여자들은 고등학생 같지 않았다. 대학생쯤? 방어하고 자시고 할 것도 없이 남자가 내 멱살을 잡았다. 지독한 술 냄새가 풍겼다. 민재가 한발 뒤로 물러났다. 동천은 가만히 있었다. 그런데 나는 희한하게도 겁이 나지 않았다. 맥주한 잔을 마셨을 뿐인데. 나는 남자를 빤히 올려다보며 히죽웃었다. 그때 주먹이 날아왔다. 나는 거침없이 주먹을 잡았다. 악력 하나만큼은 학교 친구들이 알아줄 정도였다. 팔씨름해서 져 본 일이 없었다.

"안 돼!"

나는 손에 더 힘을 주었다. 남자의 눈썹이 미세하게 일그러졌다.

"이 놈 이거 뭐야?"

내게 주먹이 잡힌 녀석의 얼굴이 시뻘겋게 달아올랐다.

"야, 동천아. 이 자식 뭐냐?"

"팔씨름 짱이라고들 하던데."

동천이 히죽히죽 웃었다.

"팔씨름 짱? 야, 이동천 나도 다시 고등학교 다닐까. 팔씨름 짱도 있고 재밌네."

"말 함부로 씨부리지 마라."

동천이 떠들어댄 친구를 노려보았다.

"미친, 웃기잖아. 남들한테 쫓기다가 만화방으로 도망 온 우리 신세도 웃기고, 고딩 놈한테 주먹 잡혀서 쩔쩔매는 것도 그렇고, 팔씨름 짱? 이런 거 고딩 때나 경험하는 거 아니냐 이거야. 우리 동천이는 정말 다이내믹하게 살고 있네."

나는 여전히 나를 향한 주먹을 쥐고 있었다. 민재는 다리를 부들부들 떨고 있었지만 나는 오히려 이 상황이 받아들일 수 있는 숙명처럼 여겨졌다.

"개새끼야, 안 놔!"

내게 주먹이 잡힌 사내가 나를 노려보며 소리를 질렀다. 나는 그래도 그의 주먹을 놓치지 않았다. 동천의 곁에 서 있던 남자가 그의 어깨에 팔을 얹으며 두드렸다.

"니네 학교, 진짜 웃긴다."

남자들이 배를 잡고 낄낄거렸다.

"너 도대체 왜 그래?"

민재가 이빨을 부딪치며 말했다.

"그러게 오랄 때 왔으면 별일 없었잖아, 허 이 새끼야 주먹 좀 놔주라니까!"

나는 손에 더 힘을 주었다. 민재가 나서서 내 손을 떼어 내려고 했다. 그러나 이대로 놓을 수는 없었다. 뭔가 억하는 심정에 나는 소리를 질렀다.

"사과해!"

무슨 배짱으로 그런 말을 했을까? 그때 하필이면 엄마가 하는 통닭집 간판이 떠올랐다. '인생 뭐 있어.'

"사과? 이 새끼가 진짜 겁대가리를 상실했나."

주먹 하나가 또 날아왔다. 나는 그 주먹을 잡았다.

"이 새끼 봐라."

순간 나는 어른들이 술을 마시는 이유를 알 것도 같았다. 감당할 수 없는 일을 감당할 수 있게 만드는 힘이 술에 있는 듯했다. 그다지 기분 나쁘지 않았다. 후일에 대한 염려 따위도 술 한 잔에 어디론가 사라졌다.

"뭐야?"

계단 아래에서 두 명의 남자가 더 올라왔다. 역시 동천의 친구들인 듯했다. 좋은 몸을 가진 성인들이었다.

"야, 시시하게 애들 데리고 뭐하냐?"

바람머리가 물었다.

"아, 이 애새끼가 나한테 반말하잖아."

동천은 여전히 우리 일에 관심이 없어 보였다. 계단 벽에 기댄 채, 서서 폰만 들여다보았다.

"오늘 우리 별일을 다 겪는다."

바람머리가 동천을 쳐다보며 빈정거리듯 말했다. 무슨 말인지 알아들을 수는 없었지만 아무래도 사달이 날 것만 같았다. 나는 눈알을 굴려 그들을 살폈다. 지금 이들은 화풀이할 대상을 찾는 듯했다. 그런데 왜 불안하거나 겁나지 않는 거지?

나와 민재는 그들에게 멱살이 잡혀 화장실로 끌려갔다. 여자들도 따라 들어왔다. 동천은 그 와중에도 연신 폰 화면만 들여다보았다. 나 역시 이 와중에 동천이 별스러운 인간은 아닐 거란 생각이 들었다.

"야, 그만하고 가자."

"쪽팔려 뒈지겠는데 그냥 가자고?"

내 멱살을 잡은 녀석은 무척 얼굴이 희었다. 흰둥이. 흰둥이는 눈가가 빨갛게 달아올라 꼭 강아지 같은 느낌을 풍겼다. 그런데 얼굴에 티 한 점 없는 게 섬뜩했다.

"하다못해 삥이라도 뜯어야 하는 거 아니냐? 옛날 추억도 되짚어 볼 겸."

누군가 그렇게 말했다. 말이 끝나기도 전에 민재는 주머니를 뒤져 지폐를 꺼냈다. 나는 웃기만 했다. 다시 주먹이 날아왔다. 이번에도 주먹을 잡았다. 거기에서 멈췄어야 했는데, 학원이라곤 초등학교 시절 태권도 학원을 3년쯤 다닌게 전부였는데, 하필이면 그때 배웠던 어설픈 발차기가 나를 자극했다. 나는 그대로 발을 내질렀다. 마침 동천이 폰을들고 다가왔고 목표도 없이 나간 내 발은 동천의 사타구니에 정확하게 가서 박혔다. 동천이 고꾸라지자 두 남자가 주춤거렸다. 나는 갑작스럽게 벌어진 이 사건에 대해서 해명해야 한다는 생각이 들었다. 실은 동천을 걷어차려고 했던게 아니었다는 걸.

"튀어!"

나도 모르게 외마디 비명이 튀어나왔다. 나는 멱살 잡은 흰둥이를 밀치고 화장실 문을 박차고 튀어 나갔다. 다행히 민재도 내 뒤를 따랐다.

"상택아, 우리 좆된 거지?"

민재는 헐떡대고 나를 따라오면서도 중얼거렸다.

무슨 이유에서인지 모르겠지만 동천이나 그 패거리가 무섭지 않았다. 희한한 일이었다. 넘버 원이나 넘버 투, 그리고 엄마는 어떤 상황에서든 당당했다. 상대가 경찰이든, 전경들이든, 용역 깡패들이든 무서워하지 않았다. 나는 그 피를 물려받은 게 분명했다.

3. 함량미달

내가 '함량미달'에 가입한 건 문학 선생님 때문이긴 하지만 혜정이를 본 뒤로 살짝 갈등이 생겼다. 정말 예뻤다. 문학 선생님처럼 신비스럽고 포근하진 않지만 예뻤다. 둘 다 좋아할 순 없을까? 엄마가 두 아빠 모두와 같이 사는 것처럼 말이다.

나는 혜정이가 쓴 콩트를 낭독하는 동안 내내 문학 선생님과 혜정이를 훔쳐봤다. 혜정이가 쓴 콩트는 주유소에서 아르바이트하는 아이들이 주인공이었다. 지문도 대사도 생생했다. 특히 반말하던 승용차 주인이 주유를 끝내고 떠나자 욕을 하는 장면은 진짜 같았다. 욕을 할 때 혜정이의 얼굴이 빨갛게 달아올랐다. 혜정이 낭독을 끝내고 자리에 앉왔다. 문예반 친구들이 박수를 쳤다. 나완 달리 하나같이 반에서 1, 2등은 하는 아이들이었다.

문학 선생님이 의자에서 일어났다. 그녀가 우리 앞으로 다가왔다.

"혜정이 제법인데. 주유소에서 아르바이트한 적 있어?"

"아, 아뇨."

남학생들이 일제히 혜정일 쳐다봤다. 혜정이는 혀를 쏙 내밀었다가 집어넣었다.

"1학기 문집 나오려면 얼마 안 남았으니까 다들 마감 시간 넘기지 마. 상택이도 기대할게."

문학 선생님이 내게 눈길을 주었다. 친구들이 일제히 나를 쳐다봤다. 반에서 중간 성적도 되지 못하는 내가 왜 '함량미달'에 들어왔냐는 눈치였다. '함량미달'은 이름만 '함량미달'일뿐 그야말로 우리 학교 수재들만 모인 특별활동부였다. 그러니까 문예반에서 진짜 함량미달은 나뿐이었다.

한 명의 엄마와 두 명의 아빠랑 사느라 눈치 하나는 좋은 나였다. 나도 사실은 '함량미달'에 들어오고 싶은 마음은 없었다. 문학 선생님이 제안했고 내 첫사랑의 제안이라 차마 거절할 수 없었다. 1년 후배들까지도 모두 제법 그럴듯한 콩트나 산문을 써냈는데 나만 단 한 편의 콩트도 내지 못했다. 모든 게 1학년 2학기 때 써낸 문학 숙제 탓이었다.

'불쌍한 옥수수'라는 산문을 썼다. 그걸 보고 문학 선생님이 문예반에 들어올 것을 제안했다. 군데군데 이빨 빠지고 반 토막 난 옥수수를 보고 박혀 있는 옥수수 알들이 떠난 옥수수 알들을 그리워한다는 시시한 내용의 산문이었는데, 문학 선생님은 좋은 산문이라며 칭찬했고 높은 점수도 주셨다.

"상택인 좀 남아 봐. 다들 늦었다."

학생들이 우르르 교실에서 나갔다. 애들이 출입문을 열어놓은 덕에 복도가 보였다. 복도에서 민재와 선영이 서성거리고 있었다. 문학 선생님도 두 사람을 보았다.

"사실 내가 지난번 '인생'에 대해 썼던 작문에 대해서 담임선생님한테 말했어. 그래서 네 아빠가 오신 거야. 그냥 넘어가기도 그래서 말이야."

"괜찮아요. 아빠들···. 아빠랑 얘기 끝냈어요."

문학 선생님이 뜸을 들였다. 나는 그녀의 입이 열리기만을 기다렸다.

"퀴퀴한 곰팡내 나는 인생에서 할 수 있는 건 많지 않다. 인생이란 술과 담배와 보이지 않는 운명에 대한 복수의 연속이며 고통이며 지독한 반복일 뿐 그 이상도 그 이하도 아니다. 미래에 대한 불안은 끝없이 자라나 내 목을 죄고 있으니 모든 비열함에 타협히며 살아야 그나마 삶으로부터 배반당하지 않는다. 우리는 시커먼 우주에 버려졌으며 사실은 길도 목적도 모른 채 살아가고 있다. 그나마 내가 인생에서 할 수 있는 일은 스쿠터에 통닭을 싣고 배달을 하는 것뿐. 오늘도 건당 천 원의 배달료를 받아 곰팡이 잔뜩 핀 내 상자에 차곡차곡 쌓기 위해 페달을 밟는다. 나도 언젠간 자본과 권태와 비열함의 노예가 되고 말겠지. 스쿠터가 달린다. 돌아갈 수 없는 길을 가기 위해 달린다."

문학 선생님은 거의 완벽하게 내가 쓴 글귀를 읊었다. 오물거리는 그녀의 입을 바라보면서 나도 모르게 얼굴이 빨갛게 달아올랐다. 그냥 생각나는 대로 넘버 원과 넘버 투가 쌓아둔 책 속에서 얻은 문장들의 나열이며, 그냥 멋 좀 부리려 그랬다고 말하고 싶었다. 하지만 그런 말을 하기에 늦은 감이 있었다.

"선생님이 읽은 책 속의 문장들도 있고 그렇지 않은 문장들도 있었어. 하지만 이 문장들이 네 마음에 닿았으니까 썼겠지. 모든 창조가 모방에서부터 시작되니까 나쁜 건 아니지만 앞으론 네 생각을 적어보도록 해. 스쿠터가 달린다. 돌아갈 수 없는 길을 가기 위해 달린다, 같은 문장 말이지. 그리고 내가 마지막 문장은 말하지 않았는데 뭔지 알지?"

내 앞에 바짝 다가온 문학 선생님의 향수 냄새 때문에 나는 정신을 차릴 수가 없었다. 선생님이 얼굴이 내 얼굴 가까이에 있다는 사실이 자각되자 어지러웠다. 아무 말도 생각나지 않았다.

"누군가 나를 보고 있는 것 같지만 사실은 아무도 나를 보고 있지 않다는 사실을 잊지 마라. 또한 비열함도 싫고 타협도 싫고 권태도 싫고 억지스러운 삶과 복수도 싫다면 방법은 있다. 강물은 깊고 새벽 도로를 질주하는 차들의 속도는 빠르고 기차는 멈추지 않는다. 원래의 자리로 돌아가면 모든 건 멈춘다. 그것도 인생이다."

내가 쓴 글이지만 유치해서 쥐구멍에라도 처박히고 싶은 심정이었다. 나는 얼굴이 시뻘겋게 달아올랐다. 말을 끝낸 문학 선생님이 내 얼굴을 빤히 들여다보았다. 윗입술 왼쪽에 미세하게 점이 있는 걸 보았다. 선생님의 냄새 때문에 숨이 막힐 것만 같았다. 내 밤을 점령해 나를 잠 못 들게 하였던 여자가 바로 내 눈앞에 있었다. 그것도 단둘이서.

"그냥 멋 부린 거지? 선생님은 그렇게 생각할게."

문학 선생님이 느닷없이 내 어깨를 쳤다. 나는 숨 막히는 환상 속에서 깨어났다.

"혹시, 어느 대학 갈지 생각해 본 적 있니?"

"없는데요."

나는 겨우 말했다.

"문예창작학과나 연극과 같은 데 한번 생각해 봐. 그쪽이 네 적성에 맞는지도 몰라."

"제 성적으로 대학에 갈 수나 있나요?"

민재와 시시덕거리며 입방아 쪘던 만화학과는 그야말로 꿈이었다. 사람의 형태조차 제대로 그려내지 못하는 내가 무슨 만화학과에 가겠다고.

"성적이 안되면 특기로 뚫어야지."

나는 문학 선생님이 나의 사랑에 대해 알고 있다고 생각했다. 선생과 제자이기에 표현하지 못할 뿐이라고 믿었다. 나의 사랑 때문에 선생님이 직장을 잃게 할 수는 없었다. 사랑의 표현은 졸업 후로 미뤄두어야 한다. 그때까지도 내 사랑이 변하지 않는다면.

"얼굴은 왜 그렇게 부었니?"

잘못 들은 거로 생각했다. '왜 그렇게 빨갛게 달아올랐니?'가 아니라 '부었니?'라니? 순간 동천에게 두들겨 맞았던 일이 불쑥 떠올랐다.

"별 거 아니에요."

나는 가방을 챙겨 들고 선생님에게 목례를 했다.

"참, 아빠가 무척 젊으시던데."

선생님의 말에 묘한 질투심이 일었다. 머지않아 학교의 모든 사람이 두 아빠를 가진 나의 진실에 대해서 알게 되고 말겠지. 그러면 문학 선생님도 더는 넘버 투에 대해 관심을 갖지 않을 것이다. 아무튼, 난 글만 썼다 하면 문제를 일으킨다.

나는 출입문을 나온 뒤 돌아보지 않고 복도로 나왔다.

"아빠가 둘이면 재미나겠다."

선영이 말했다. 나는 민재를 힐끔 쳐다봤다.

"선영이가 하도 물어봐서 어쩔 수 없었어."

민재가 말했다. 나의 두 아빠에 대해서 유일하게 알고 있는 사람은 민재였다. 비밀은 아니지만 학교 친구들에게만은 알리고 싶진 않았다. 문학 선생님도 이상한 낌새를 차린 게 분명했다. 이상한 가족 때문에 내 첫사랑이 멀어진다면 그 것도 운명이겠지.

우리는 학교 건물을 나와 교문 쪽으로 향했다. 학교 담을 따라 서 있는 가로등이 운동장을 밝혔다. 나는 걸음을 멈추고 뒤돌아봤다.

"너희들 학원 안 갔어?"

"오늘 안 가도 돼. 오늘은 좀 특별한 날이거든."

선영이 말했다.

"오늘 선영이 생일이래. 그래서 한 턱 쏜대."

"누구랑 싸운 거야?"

선영이는 딴소리를 하며 내 얼굴에 손을 가져왔다. 나는 선영이 손길을 피했다.

"싸우긴 누가 싸워. 그냥 다친 거야."

민재를 쳐다봤다. 민재는 두 손을 들고 말하지 않았다는 시늉을 했다. 우리는 뒷문으로 향했다.

그리고 뒷문을 막 나왔을 때, 누군가 다가왔다. 미친개 광수였다. 동천과 어울려 다니는 놈으로 그의 똘마니라는 소문도 있었다. 소문일 뿐, 나는 그런 말들은 믿지 않았다. 대신 한번 물면 놓지 않는다고 해서 미친개라는 별명을 가진 녀석이라는 말은 믿었다.

"동천이가 보잔다."

올 것이 오고야 말았다. 무시하고 모른 척한다고 해서 벌어진 일이 꿈처럼 사라질 리 없었다. 1년 반만 잘 버티면 고등학교를 무사히 졸업하는데…. 동천이와 어떤 방식으로든 그날의 사건에 대해서 인연이 끝나지 않는다는 걸 깨달았다. 하지만 어떤 식으로 해결을 볼 수 있을까? 난 힘도 돈도 빽도 없는데. 게다가 난 그냥 발길질 한 번만 했을 뿐인데.

"동천이가 왜 너를 찾아?"

선영이 엉겁결에 내 손을 잡았다. 선영의 얼굴에서 핏기가 가셨다. 학교 아이들은 동천의 악명을 다 알고 있었다.

공부도 제법 했고 집안도 빵빵했다. 소문에 의하면 체육관을 그의 아버지가 지어줬다는 말이 있었다. 쉬쉬하지만 아마 사실일 것이다.

"둘이 커플 됐냐? 너도 갈래? 빨랑 따라와!"

광수는 선영을 바라보며 비아냥거렸다. 선영이 느닷없이 내 앞에 나서서 말했다.

"광수, 너 왜 그래?"

"계집애들은 알 거 없어."

"너 우리 반이잖아. 이러면 안 되는 거야."

선영이 발을 동동 굴렀다. 광수의 등장만으로도 내가 위기에 처했다는 걸 충분히 깨달은 모양이었다.

"경찰에 전화할 거야!"

급기야 선영이 휴대폰을 꺼내 들었다.

"마음대로 해. 그래봤자 너만 고달플 테니까."

광수는 선영의 반응을 대수롭지 않게 받아들였다. 광수가 내 손목을 잡았다. 거친 손바닥이 느껴졌다. 벗어날 수 없다는 걸 깨달았다. 나는 광수에게 손목이 잡힌 채 끌려갔다. 민재와 선영이 주춤거리며 따라왔다.

"니들도 뒤지고 싶냐? 쌍!"

광수가 윽박지르자 선영이와 민재는 걸음을 멈췄다. 나는 광수의 손을 뿌리치고 뒤를 따랐다. 어차피 내 운명이었다.

내 앞에 펼쳐진 길이니 가 볼 수밖에. 선영은 그 자리에 서서 울먹였다.

광수가 날 데려간 곳은 마로니에 공원이었다. 그곳에 동천이 있었다. 두 명의 남자가 더 있었고 여자도 한 명이 있었다. 동천이와 남자들이 담배를 피우고 있었다. 남자들은 모르는 얼굴이었다. 사내 중 한 명은 노란 머리였는데, 그날 봤던 얼굴 같았다. 그날도 그랬지만 동천과 같이 있는 남자들은 고등학생 같아 보이지 않았다.

"왔냐?"

동천이 담배를 발로 비벼 끄며 내게 다가왔다. 나는 침을 꿀꺽 삼키며 말했다.

"무슨 일이야?"

"무슨 일?"

동천이 한 남자를 쳐다봤다.

"동천아, 이 새끼는 니가 몇 살인지 모르는 모양이네. 인마 동천인 너보다 한참 형이야."

"그런데 왜 나랑 같이 고등학교에 다니는데."

노란 머리가 다가들었다.

"요즘 고딩은 원래 이렇게 싸가지가 없냐?"

동천이 고등학교에 늦게 들어왔다고 해서 그를 형이라 부를 수는 없었다. 어디까지나 그도 고등학생이었으니까.

노란 머리는 동천을 밀치고 내 앞으로 나서며 이빨을 드러냈다. 금방이라도 날 잡아먹을 태세였다. 술을 마셨을 때와 달리 다리가 후들거렸지만 참았다.

"지금 우리가 이놈한테 휘둘리는 느낌이 들지?"

노란 머리가 동천을 쳐다보며 이죽거렸다. 동천은 담배만 피울 뿐 대꾸하지 않았다.

"나 원 쪽팔려서. 이래서 내가 고딩이랑 어울리면 안 되는 건데. 가오 다 박살나고 이게 뭐야."

노란 머리가 투덜거리며 이번에는 여자를 쳐다보았다. 여자도 관망만 했다. 나는 흠씬 두들겨 맞을 각오를 하고 광수를 따라왔다. 넘버 투는 살다 보면 가끔은 자기 팔 하나는 내놓아야 할 때가 있다고 말했다. 그땐 그게 무슨 말인지 몰랐는데 지금은 알 것도 같았다.

"그럼, 가면 되잖아."

동천은 노란 머리의 투덜거림에 대수롭지 않게 말했다.

"야, 이동천, 뭐 하러 이놈을 불러온 건지 모르겠지만 빨리 끝내고 가자. 미진이를 쳐다보지 못하겠다."

여자가 미진이인 모양이었다. 그녀의 얼굴은 어두웠다.

내가 느끼기에도 이 상황이 한심한데, 그녀의 눈에는 어떻게 비치겠는가. 노란 머리는 내 머리를 손으로 한 차례 쓰다듬은 후 내 볼을 두드린 후 한 발 물러났다. 그 손을 잡아 비틀어버리겠다는 생각은 들지 않았다. 상황이야 어찌 되었든 그날의 가해자는 나였고 동천이 피해자였으니 그의 결정이 남아 있었다. 신기한 건 학교 일진들도 상대하지 않는다는 동천이 가까이에서 보면 볼수록 순한 얼굴이었다는 점이다. 광수는 팔짱을 끼고 서서 뒤로 물러섰다. 동천은 뭘 생각하는지 구둣발로 흙만 헤집었다. 노란 머리가 빨리 끝내자며 투덜거렸다. 다른 사내는 먼 산만 바라보며 담배를 피웠다. 서서히 나도 그들의 면면이 보였다. 이 공원에 모인 남녀는 선배들 같았다.

"그냥 보내. 고딩이랑 이런 짓 하는 것도 우습다."

먼 산을 바라보던 남자가 결정한 듯 말했다. 제발 그래 주기를 바랐다.

"야, 인마, 그런 게 어디 있어? 난 지금 자존심 무척 상했거든."

노란 머리가 대꾸했다.

"그럼 어떡할 건데? 그나저나 그놈들은 왜 우릴 뒤 쫓은 건데? 요즘 꼰대한테 점수 잘 받고 있는데, 아무튼 난 무슨 문제 생기면 빼줘라. 뭔 일 터지면 우리 꼰대 난리 날 거다."

먼 산 보던 남자가 이번에는 더 멀리 시선을 보냈다.

"광수 저 새끼한테 처리하라고 하면 될 걸 여기까지 불러냈나 모르겠네."

노란 머리가 광수를 쳐다보았다. 광수는 한 차례 힐끔 노란 머리를 쳐다보았다.

"그럼, 내 선에서 끝낼까요?"

광수가 앞으로 나섰다. 그제야 멀리 도로변 쪽에 광수 패거리가 서성거리는 게 보였다. 지난번처럼 도망갈 수 있는 상황이 아니라는 말이었다. 도망가고 싶지도 않았다. 어차피 여기까지 끌려온 이상 나는 팔 하나 내놓을 작정이었다.

"권상택! 왜 형들한테 대들어서 이 난리를 만들어."

"대든 거 아냐. 어쩌다 보니까…"

"이 새끼 말대꾸하는 거 보소."

나를 부른 동천이나 그 친구들은 별다른 행동을 취하지 않았는데 느닷없이 광수가 배에 주먹을 찔러넣었다. 배를 통과해 등가죽까지 찌르는 듯한 통증이 전달되었다.

"이 새끼가!"

동천의 입에서 의외의 말이 터져 나왔다.

"내가 건들지 말라고 했지."

"이젠 내가 알아서 처리하라고 하는 줄 알았어요."

노란 머리가 빈정거리듯 말했다. 동천이 내 손을 잡고 무리에서 한 발짝 멀어졌다.

"나원 참, 아직도 이해가 안 돼요. 왜 저놈을 감싸고 도는 건지 모르겠다니까."

"옛날의 동천이, 다 죽었어요."

남자들은 투덜거렸지만, 미진이라는 여자는 희미하게 미소를 지었다. 사실 동천의 친구들은 두렵지 않았다. 광수 패거리가 문제였다. 동천에 대해 잘 알지 못하니 겁이 없는 것일 수도 있었다. 하지만 광수 패거리는 어쨌든 학교에서는 무법자들이었다. 광수의 눈이 날카롭게 반짝거렸다. 나는 초긴장 상태에서 사람들을 살폈다. 사실 모든 게 부당했다. 만화방에서 그들이 나를 부른 일도 그랬고, 정당방위로 발길질 한 것도 어찌 보면 내게는 부당한 일이었다. 주먹이 날아오지 않았으면 그럴 일이 없었다. 지금도 여기까지 오는 것을 거부할 수도 있었지만 따라왔다.

'원펀맨이면 이것들 한 방에 보내버리는 건데.'

난 원펀맨이나 밀짚모자가 아니었다.

어느 날 먼 우주에서 외계인이 지구를 찾아와 나를 지목하고는 절대 최강의 능력을 부여해준다. 훗날 지구를 정복하기 위한 선발대로 삼기 위해, 그러거나 말거나 내겐 무한의 능력이 생긴다. 타노스처럼 손가락만 튕겨도 이런 놈들은 나가떨어지게 만드는 그런 능력. 그것도 아니면 광장에서 벼락을 맞고 번개맨이 되어버린다. 손을 들어 액션을 취하면 앞에 있는 놈들을 통닭구이로 만들어버리는 그런 능력.

엉뚱한 상상들만 떠올랐다. 히죽히죽 나도 모르게 웃음도 나왔다. 내가 원펀맨의 사이타마였다면 이런 놈들은… 하지만 현실은 냉담했다. 목이 탔다. 아, 이런 순간에 맥주를 마시는구나. 나도 모르게 맥주 생각이 간절했다.

동천이 나를 데리고 무리에서 점점 더 멀어졌다.

"너 폰 줘봐!"

동천이 내게 손을 내밀었다.

"폰?"

남자와 여자들이 나와 동천을 번갈아 보았다.

"줘 봐."

나는 머뭇거리다 폰을 꺼냈다. 나를 구경하던 노란 머리는 심심했는지 동천과 나를 한 프레임에 넣고 사진을 찍어댔다.

"야, 그만 찍어. 정신이 없잖아."

동천은 그를 나무랐다.

"이런 거 찍어서 뭐 하려고."

"그냥, 재미있잖아. 나중에 내가 찍은 거 보고 있으면 스트레스 날릴 수 있거든."

동천이 노란 머리를 쳐다보았다.

"아무튼 찍지 마."

동천의 말에 나는 뭔가 마음이 울컥했다.

"요즘 이런 거 함부로 찍어서 돌렸다가 좆 되는 거 몰라서 그래?"

동천의 말에 노란 머리는 슬그머니 폰 든 손을 아래로 떨어트렸다. 미진은 그와 거리를 두었다.

"괜한 시비에 휘말리지 않으려면 찍은 거 다 지워!"

어? 이게 아닌데. 동천이 나를 옹호한다? 이리저리 머리를 굴려봐도 동천이 이러는 이유를 알 수가 없었다.

"풀어!"

나는 폰의 패턴을 풀어주었다.

"폰이 완전히 구닥다리네. 너 이거 네 아빠 폰이지?"

"아닌데…"

"고딩 폰에 어떻게 게임 하나가 안 깔려 있냐? 하다못해 웹툰 앱도 없고."

"나 웹툰 안 좋아해."

나는 주변의 광수와 노란 머리의 눈치를 살피며 조용조용 말했다.

"용량이 뭐 이렇게 적어."

"게임도 안 하고 동영상 같은 거도 안 찍고 그러니까…"

동천이 갑자기 어깨동무하고는 나를 계단 턱에 앉혔다. 다른 사람들의 눈치 같은 건 보지 않았다.

"너 범생인 줄 알았는데 진짜 완전 범생이네."

"나 범생이 아냐. 그냥 게임을 좋아하지 않는 거지."

"이 정도면 범생이지."

나는 다시 아니라고 말하려다 말았다. 얼른 마무리 지어지기를 바랄 뿐이었다. 동천은 자신의 폰을 꺼내 들더니 내 폰에 몇 가지를 전송했다.

"어떤 인간 사진 두 장하고 자주 나타나는 장소랑 가게, 그리고 그놈 자동차 번호 보냈어."

동천이 내게 폰을 돌려주었다. 나는 폰을 열어 그가 보낸 사진을 확인해봤다.

"이걸 뭐 어떻게 하라고?"

동천이 갑자기 친밀하게 내 목을 조였다.

"권상택 잘 들어."

동천이 나를 빤히 쳐다보았다. 그의 눈은 컸고 흰자위가 많아 섬뜩했다.

"너나 나나 이젠 성인이잖아. 우린 이제 어른이라고, 그러니까 어른답게. 안 그래?"

그런가? 생일이 지나면 열여덟 살이 되긴 하는데, 열여덟

살이 어른이다? 하루아침에 소년에서 남자가 된다? 이해는
되지 않지만, 법적으로는 성인이 되는 거니 그의 말이 맞았
다. 어른 운운하는 게 나를 더 불안하게 만들었다.

"난 아직 열여덟살은 아닌데…"

동천은 내 말을 듣지 않는 눈치였다. 괜한 말을 꺼냈다는
생각이 들었다. 오금이 저려와서 얼른 그와의 일을 마무리
짓고 싶었다.

"내 폰으로 뭘 하려는지 모르겠지만, 너 기분 풀릴 때까지
나 때리는 걸로 끝내!"

동천은 나를 쳐다보지 않았다. 긴 건너에 홍보를 나온 사
람들이 미니어처 술병을 지나가는 사람들에게 돌리는 게
보였다.

"잘 들어. 내가 보낸 사진의 그놈 뒤를 좀 밟아."

그를 빤히 쳐다보았다.

"뭐? 그러니까 나 보고 누구를 미행하라고? 나 학생인
데."

"누가 몰라. 너 야자도 안하잖아?"

"나, 알바도 해야 한다고."

"통닭 배달?"

동천이 나에 대해 안다? 어디까지 알지?

"이것도 알바야. 위험수당까지 쳐서 1시간에 3만 원씩 쳐

줄게."

내가 닭 서른 마리를 배달해야 받을 수 있는 돈이었다. '인생 뭐 있어'에서 닭을 서른 마리까지 배달해 본 적이 없었다.

"이 남자 이틀에 한 번꼴로 내게 보고해. 어딜 가는지, 누굴 만나는지. 간간이 사진도 찍어 보내. 안 그럼 그땐 저놈들한테 너 맡길 테니까."

동천이 광수를 손가락으로 가리켰다.

"아니 그게 말이야. 그런 건 네가 해도 되잖아. 난 하다못해 난 자전거도 없는데."

동천이 히죽 웃었다.

"내가 할 수 있으면 알바를 시키겠어? 그리 길지 않을 거야. 길어야 한두 달? 잘 생각해봐. 시간당 3만 원이면 꿈의 알바야."

그건 그의 말이 맞았다.

"그리고 넌 잘 달리잖아."

나는 그를 흘겨보았다.

"차로 움직이는 인간을 뛰어가면서 미행하라고? 미친 거 아냐?"

"이 자식이! 서울 시내에서 웬만하면 다 뛰어가서 따라잡을 수 있거든. 그리고 너 빠르잖아. 지난번에도 만화방에서 보니까 존나 빠르더만. 우리 애들이 쫓아가다가 포기했잖아. 나름 체대도 다니고 그런 놈도 있는데.”

이유를 알 수 없지만 동천은 나에 대해서 어느 정도는 알고 있는 눈치였다.

“수업 끝나고 겨우 저녁 시간이나 가능한데. 설마 학교 가지 말라는 건 아니지?”

점점 더 나와 동천이와의 관계가 미궁 속으로 빠져들고 있었다. 나는 가해자인가, 피해자인가.

“학교 빠지면 안 되지. 그리고 한 가지 명심해. 이건 영원한 비밀이야.”

뭔가 잘못 돌아가고 있었다.

“너 또 저 새끼한테 엉뚱한 거 시켰지?”

노란 머리가 물었다. 동천이 누군가에게 이런 일을 시키는 게 한두 번이 아닌 모양이었다.

“신경 꺼!”

“아무튼 이놈은 알다가도 모르겠어.”

“그냥 나도 깨끗하게 새롭게 시작할 뿐이야.”

동천이 담배를 꺼내 물었다.

“용 났다.”

“저 새끼는 정말 해석 불능이야.”

그런 말들이 들렸다. 동천이 내게 담배를 권했다. 나는 고개를 저으려다가 그에게서 담배를 받았다.

"다들 끊는 추세니까 나도 끊을 거야."

그가 나를 한 차례 힐끔 쳐다보았다. 나는 폰의 사진과 동천을 번갈아보았다. 심부름센터에서 일하는 사람들 시키면 해결될 일을 왜 내게 시키는지 도무지 알 수 없었다. 게다가 비밀로 하라니.

"한동대 애들이 너 좀 보자는 거 어떻게 할래?"

노란 머리가 물었다.

"그 새끼들은 대학생이 공부나 하지. 안 가!"

나는 그네 곁에 멍한 채 서 있었다.

"영화나 보러 가자!"

동천이 말했다. 나머지들은 별다른 반항 없이 그의 말을 따랐다.

"드라이버 상영 시작했다는데 가볼래?"

"그게 극장에 걸렸어?"

"여기 예술 전용 극장에서만 하는 거야."

"거기 출연하는 놈 중에 친구도 있어. 그놈도 참 희한해. 건달처럼 살던 놈이었는데 갑자기 배우를 하겠다고 영화판에 가더니 그 영화 조연급으로 출연하게 됐대."

"누구? 도경이?"

"그래. 도경이."

"그 똘아이가 영화 배우를 한다고?"

"그렇다니까."

저편으로 걸어가던 무리가 잠깐 걸음을 멈추었다. 동천이 내가 서 있는 쪽을 한 차례 쳐다본 후 계속 앞으로 걸어 나갔다. 광수가 보이지 않았다. 좌우를 살폈다. 광수는 시소에 앉아 있었다. 나와 눈치 마주치더니 내 쪽으로 걸어왔다.

"광수야, 이건 좀 아닌 거 같아."

광수가 희미하게 웃었다.

"이런 일은 나 말고도 할 수 있는 사람들 많잖아. 하다못해 흥신소 같은데 부탁하면 잘할 텐데. 그런데 왜 굳이 나한테…"

나는 마지막 희망을 걸고 말했다.

"낸들 아냐. 정확하게 뭘 하라고 했는지 모르겠지만 말 듣는 게 좋아. 동천이가 얌전해 보여도 한번 화나면 누구도 못 말리니까. 너도 잘 알잖아. 그리고 무슨 이유인지는 잘 모르겠지만, 너 학교에서 별 탈 없이 지낼 수 있도록 하란다. 니미 내가 무슨 셔틀도 아니고…. 인생이 원래 거지같은 거라는 거 알지만…"

광수는 바로 앞을 무리 지어 지나가는 여학생들을 보고

희미하게 웃었다.

동천은 남자들과 여자들을 몰고 사라졌다. 광수는 담배를 꺼내 물었다. 나는 후회하고 또 후회했다. 내게 맥주를 준 넘버 투를 원망했다. 하지만 이미 지난 일이었다. 후회한다고 해서 바뀔 일도 아니었다. 내 인생이 그렇지. 광수가 내게 바짝 다가와 앉았다.

"야 리 한 대 때릴래?"

광수가 내게 담배를 내밀었다. 나는 대꾸할 말이 없었다.

"벤츠 말 듣는 게 좋아."

"너는 왜 벤츠랑 어울리는 건데?"

"옛날에 벤츠가 나 도와준 적이 있거든."

"뭐?"

"우리 꼰대 현장에서 사고 당했을 때."

"너네 아빠?"

"벤츠네 회사에서 올리던 건물에서 일했거든."

"취직 같은 거 시켜준 거야?"

광수가 잠깐 내 얼굴을 쳐다보았다.

"몰라도 돼. 그냥 그런 일이 있었어. 아무튼 벤츠는 보통 고딩하고는 달라."

"정상적으로 다녔으면 대학생인 거잖아. 미스터리야, 미스터리. 나한테 도대체 왜 이런 일을 시키는 건지 알다가도 모르겠네."

"뱁새가 황새의 뜻을 알겠냐?"

"그 말은 이럴 때 쓰는 거 아닌 거 같은데?"

광수는 담배에 불을 붙인 후 물려주며 내 입을 막았다. 동천이 주었을 때와는 느낌이 달랐다. 내 인생의 첫 술도 첫 담배도 근사하지 못한 것 같았다. 입에서 연신 기침이 터져 나왔다. 몸을 일으켰다.

"도대체 동천이의 정체는 뭘까?"

나는 광수를 노려봤다. 광수는 듣는 둥 마는 둥 했다.

"낸들 알겠어? 친구들이 대학생인 것만은 확실해. 그리고 호주 한인회에서는 동천을 전설적인 인물이었다고 말하고 다닌대. 그냥 평범한 놈인데."

"호주에 살았어?"

"호주에서 몇 년 있었을 거야."

"그런데 전설적인 인간인지 아닌지 어떻게 알아?"

"아, 그 새끼, 위로해주려고 온 건데. 동천이랑 어울리는 인간들 말이 그래."

광수가 인기척을 느끼고 일어났다. 민재와 선영이 주뼛거리며 내게 다가왔다.

"빨리 해결해 주는 게 좋을 거야. 뭔 일을 해줘야 하는 건지 나도 아직 모르겠지만."

광수는 그네 뒤 어둠 속으로 사라졌다.

4. 6호 처분

교실로 민재가 득달같이 뛰어 들어왔다. 녀석의 얼굴이 잔뜩 상기되어 있었다.

"너 소식 들었어?"

민재가 숨을 몰아쉬며 말했다. 민재의 이야기가 귀에 들어오지 않았다.

동천이 미행을 부탁한 남자를 생각하느라 머릿속에 여유가 없었다. 그제 처음 스쿠터를 끌고 동천이 말한 장소에 나갔었다. 게임방이나 귀청소방, 안마시술소 같은 곳이나 드나드는 불량한 남자일 거로 생각했다. 그런데 예상외의 장소에서 그를 보았다. 내가 남자를 처음 본 곳은 동구문화센터 입구에서였다. 근방에 유흥시설도 없었다. 나는 동천이 전달해 준 사진을 다시 들여다본 후에야 사진 속 장소가 동구문화센터라는 것을 깨달았다. 그는 비쩍 말랐으며 갈색의 낡은 숄더백을 매고 있었고, ABC마트에서나 파는 만 원짜리 운동화를 신고 있었다. 빨간색 모닝을 끌고 다녔는데 차가 군데군데 녹이 슬어 보기 흉했다. 나는 모닝 안에 앉아 있는 남자를 찍었고 그 사진을 동천에게 보냈다. 이종찬, 남자의 이름은 이종찬이었다. 나는 여전히 그 남자의 소식을 동천이 왜 궁금해하는지 알 수가 없었다. 게다가 이토록 간단한 일을 내게 고액의 알바비를 주고 시키는 이유도.

"소식 들었냐고?"

민재가 내 어깨를 쳤다.

"뭐?"

나는 숨을 헐떡이는 민재를 쳐다보았다. 민재가 숨을 고르느라 입을 다문 사이 나는 동천의 카톡에 올라와 있는 사진들을 구경했다. 그 역시 나를 혼란에 빠트렸다. 잠깐 친구들과 찍은 사진들이 올라와 있는데, 앞부분만 그럴 뿐 사진의 뒤로 갈수록 사진은 기이했다. 삶에 찌든 사람들의 얼굴을 찍은 사진들이었다. 기둥을 붙잡고 서 있는 술에 취한 남자, 보도블록 턱에 앉아 머리를 무릎에 박고 있는 여자, 앉은뱅이 의자에 앉아서 졸고 있는 좌판의 남자, 비에 흠뻑 젖은 여자, 리어카를 끄는 남자, 유모차에 폐휴지를 잔뜩 싣고 어디론가 걸어가는 노파…. 동천은 종잡을 수 없는 인간임이 분명했다. 고등학생이 아닌 고등학생.

어제 이종찬이라는 남자의 사진을 보내다 호기심에 발견한 내용치고는 좀 심란했다.

"소식 들었냐고?"

"글쎄 무슨 소식?"

나는 민재의 호들갑스러움에 살짝 짜증이 났다.

"동천이, 아니 벤츠 그 자식 6호 처분인가 받았었대."

"6호 처분? 그게 뭐야?"

"소년원 가는 거. 나이트 가서 싸우다가 경찰한테 잡혔다고 하던데."

나는 귀가 번쩍 열렸다.

"언제?"

"그게 그러니까 우리 학교 들어오기 전에."

"몇 년 전이네."

시시한 소식이었다. 그럴 법한 소식이기도 했다.

"그런데 그거 어디서 알았어?"

"선영이가 인터넷 뒤져서 찾아냈던데."

"뭐하러?"

"너 못살게 군다고 해서 동천이 털어보겠다고."

만화방에서 만났을 때는 나 역시 그런 심정이었다. 지금은 왠지 우리가 초점을 잘못 맞추고 있다는 생각이 들었다.

"클럽에서 싸웠다고?"

"상대가 대학생들이었는데, 아주 개박살을 만들었다고 하더라고. 고딩이 클럽에 간 것도 문제지만 쌈질까지 아무튼 동천이 그건…"

"왜 싸웠는데?"

"그거야 뭐 술 처먹고 술김에 그랬겠지. 그런 애들 그런 거 있잖아. 어깨 좀 부딪친 거 가지고 괜히 시비 걸고 그러잖아."

"선영이는?"

기다렸다는 듯이 선영이가 교실로 들어왔다. 폰을 들여다보며 들어서는데 얼굴이 묘하게 일그러져 있었다.

"선영아, 아까 그거 좀 말해봐."

민재가 선영의 곁에 바짝 다가들며 말했다.

"뭐?"

선영인 폰에 눈길을 둔 채 물었다.

"동천이 그거."

선영이 고개를 들었다.

"동천이 그 자식 학교 오기 전에 6호 처분인가 받았다며."

"그런데 그게 좀 그래."

두서없이 떠들어대는 선영이의 말을 조합해보니 동천이 클럽에 가긴 갔는데 대학생 몇이 한 여자를 두고 희롱하는 걸 보고 대학생들과 싸움이 붙었다는 것이었다. 여자들 희롱한 건 묻혀버리고 피해자가 된 대학생들 때문에 6호 처분을 받았다는 내용이었다.

"야, 그러면 동천 그 자식이 히어로라는 거야?"

"아니 뭐 히어로까지는 아니지만…"

내용만 정리해보면 결국에 그렇다는 말이었다. 하나둘 기억이 떠올랐다. 동천을 만화방에서 만난 그날, 그는 그저 나와 민재를 쳐다보기만 했을 뿐, 주먹을 쓰지는 않았다. 대학생들에게 반말해댔으니 술 한잔 걸친 그의 패거리들과 벌어졌던 일이지, 동천이 우릴 해코지하지는 않았던 듯했다. 가물가물하지만. 어쨌든 그런 폭력적인 상황을 말리지 않은 걸 보면 그도 방조한 셈이니 히어로라 부르기엔 무리가 있지 않을까? 그런데 자꾸 그가 우리가 알던 일진 비슷한 존재는 아니라는 생각이 들기 시작했다.

"그래서 6호 처분이 정확히 뭐야?"

"나도 몰라."

선영이 대신 답을 주었다.

"소년원에서 6개월 정도 사는 거야. 5호까지는 집에서 관리해주는 거고. 7, 8, 9, 10호까지 있는데 그건 기간이 늘어나는 거야."

"그러니까 벤츠, 그게 6개월 빵에서 살았다는 말이네."

민재의 얼굴에 묘한 미소가 걸렸다.

창가 쪽 자리에 앉아 엎드려 자고 있던 광수가 일어났다.

"벤츠가 뭐 어쨌다고?"

민재는 선영을 쳐다보았고 선영은 나를 쳐다보았다. 나는 광수를 보았다.

"그게 동천이 우리 학교에 입학하기 전에 말이야…"

나는 민재에게 들은 말을 했다. 광수가 눈 비비고 몸을 바로 세웠다. 코 밑에 거뭇한 털이 보였다.

"나도 직접 본 건 아닌데 그때 벤츠한테 대들었던 대학생들 아주 개박살이 났다고 하더라. 다 코뼈 부러지고 한 놈은 갈비뼈가 다섯 대나 부러졌다지."

"머, 멋진데."

민재는 무슨 말이라도 꺼내겠다고 생각했던 모양이었다.

"미친, 멋지긴 뭐가 멋져. 처음에야 여자한테 함부로 하니까 잘 타이르려고 했겠지. 그런데 개기니까 지도 막 나간 거고. 막 나갈 땐 이런 거 저런 거 생각 안 해. 그냥 싸움이야."

광수가 주먹을 들어 올리고 잽 날리는 시늉을 해 보였다.

"그런데 벤츠 그거 6개월 안 살았을걸?"

"왜?"

선영이 놀란 말투로 물었다.

"벤츠네 집 돈 많잖아. 뭐 변호사도 빵빵한 변호사 샀을 거고. 합의 잘해주고 반성문 잘 쓰고 그러면 금방 나와. 유전 유죄 무전 무죄 아니냐. 안 그래?"

선영이 쿡 웃었다.

"왜 웃어? 유전 유죄 무전 무죄 아냐?"

"반대야!"

"유죄 유전 무죄 무전?"

"그게 아니라…"

나는 폰 화면 속에 들어 있는 동천의 얼굴을 슬쩍 들여다 보았다.

"아무튼, 벤츠 그거 누가 여자한테 잘못하거나 지랄하면 돌아버려!"

"그건 멋있네."

이번엔 선영이 말했다.

'불의를 보면 참으면 그건 우리 아들이 아니지. 안 그래?'

언젠가 골목에서 불량배들에게 두들겨 맞고 있던 동네 아이를 외면한 일을 두고 넘버 원이 그런 말을 했다. 투사의 피를 지닌 넘버 투 역시 같은 말을 하는지라, 나는 그러지 않을 거라고 말해야 했다. 그래도 자식이 먼저일 거로 생각했던 엄마마저 똑같은 대답을 했다.

'우리 딸이랑 아들은 부당한 거, 부조리한 거, 정의롭지 못한 거 보면 모른 척하지 않을 거야.'

보통의 엄마 아빠들이 아니었다. 상미도 그렇지만 나 역시 학교에서 일어난 불편부당한 일들에 대해서는 일절 입밖으로 꺼내지 않았다. 그랬다간 난리 날 게 뻔했다. 결과적으로 말하지 않은 게 잘된 일이지만 동천의 이야기를 하지 않은 것도 엄마와 아빠의 대응 방식이 놀랍기 때문이었다.

만약 어떤 이야기라도 꺼냈다면 우리 집 엄마와 아빠들이 들고일어날 게 분명했다. 뜻이 통하지 않으면 피켓 들고 매일 아침 교문 앞에서 시위하고도 남을 부모였다. 그건 동천이에게 맞아 죽는 일보다 더 창피했다. 전에도 그런 일이 있었다. '인생 뭐 있어' 치킨집의 보증금과 임대료 인상을 두고 건물주에게 항의했던 일이 있었다. 그때 상가 입주자들을 시위에 참여시켰던 사람이 엄마와 아빠들이었고 선두에 선 사람들도 엄마와 아빠들이었다. 나도 머리띠를 둘러야만 했다. 다행히 학교 아이들은 알지 못했지만….

운명은 시간은 더럽게 빨리 왔다. 문학반 활동이 끝나자마자 광수로부터 문자가 들어와 있었다.

'체육관 뒤로 나와. 벤츠 왔다.'

나는 괜히 가슴이 철렁 내려앉았다. 내가 보내 준 사진이나 정보가 마음에 들지 않았을지도 몰랐다. 하지만 이젠 될 대로 되라는 심정이었다. 혜정이는 친구들과 재잘거리며 문학반 교실을 빠져나가고 있었다.

"권상택, 오늘도 안 써 온 거야? 대작을 쓰는 모양이지?"

문학 선생님이 미소를 지었다. 오늘은 그 미소도 아름답지 않았다. 나는 다리를 질질 끌며 체육관 쪽으로 향했다. 동천에 대해 하나둘 알아간다는 게 나를 혼란스럽게 만들었다. 체육관 뒤에는 동천이를 쫓아다니는 아이들 몇 명만 있을 뿐, 동천인 보이지 않았다.

"벤츠는?"

광수가 묻자 한 아이가 후문 쪽을 가리켰다.

"누구도 나오지 말라고 하던데…."

나 혼자만 오라는 말이었다. 나는 동천이가 있다는 후문 쪽으로 걸어갔다. 광수는 버려진 블록 위에 앉아 좌우를 살핀 후 담배를 꺼내 물었다. 광수가 담배 피우는 폼은 능숙했다. 담배 연기를 내뿜을 때 보면 멋있어 보이기도 했다. 광수가 건네준 담배로 딱 한 차례 피워봤지만, 지금 담배를 피우고 싶다는 생각이 간절했다.

나는 후문으로 나갔다. 담벼락 붙은 곳에 동천이 서 있었다. 그는 뒷짐을 쥔 채 어깨가 훤칠한 키에 덩치가 좋은 남자와 마주 서 있었다. 두 사람 뒤로 검은색의 긴 마흐바흐 벤츠가 보였다. 한눈에도 고급 승용차라는 걸 알 수 있었다. 나는 동천이가 서 있는 쪽으로 걸어갔다.

이젠 그만 찍으련다. 이종찬이라는 사람, 이상한 사람도 아니다. 그리고 당최 이 사람 뒤를 밟는 이유를 모르겠다. 혹시 호모냐? 나는 순간 숨이 멎었다. 어쩌면 동천이 그 남자를 좋아하고 있는 것인지도 모르겠다는 생각이 들었다. 그렇다면 문제는 더 심각해지는 게 아닌가. 머리통이 터질 것만 같았다. 그림이 그려졌다. 동천이 쓴 연애편지를 그 늙은 남자에게 전달하는 내 모습. 그런 나의 상상은 한 순간에 여지없이 깨져버렸다. 내가 동천을 발견하고 손을 들려고 하는 사이 그 앞에 서 있던 중년의 남자가 느닷없이 동천의 뺨을 후려쳤다. 한 차례 두 차례 세 차례…. 나는 놀라 손을 얼른 내려 입을 가렸다. 중년의 사내 뒤로 다섯 걸음쯤 떨어진 곳에 다른 한 사내가 서서 머뭇거리고 있었다. 중년 사내의 비서인 듯했다. 동천이는 제 뺨을 어루만지다 중년 사내를 쳐다보며 눈을 부라렸다. 그러자 이번에 사내는 더 세게 동천의 뺨을 후려쳤다. 나는 벽 뒤로 몸을 숨겼다.

"…순박한 척 연기하는 것도 이제 질리지 않냐. 니 애미나 너나 똑같은 놈이야."

"엄마, 이야기는 하지 마!"

동천의 말이 끝나기 무섭게 남자는 동천의 뺨을 다시 여러 차례 갈겼다. 동천의 얼굴이 좌우로 홱홱 돌아갔다.

"큰 형님 돌아가신 게 이제 겨우 2년 조금 넘었어. 그 새를 못 견뎌서 남자 만나고 다니는 네 엄마나 허구한 날 사고 치는 네 놈이나 뭐가 달라."

"난 인정머리라곤 없는 형들하곤 달라."

"형? 형 좋아하고 있네, 공장에서 굴러먹는 여자가 형수라는 게 창피해서 정말 못 살겠다. 하긴 이제 형님 죽었으니 형수도 아니지."

나는 궁금증을 참지 못하고 슬쩍슬쩍 고개를 내밀어 둘을 살폈다.

"엄마 이야기하지 말랬지."

"그래도 이 새끼가 계속 반말이네."

중년 사내가 이번에는 구둣발로 동천의 정강이를 걷어찼다. 동천이 이마를 찡그리는데 그 통증이 내게 전달되었다. 중년 남자는 잠깐 고개를 숙였다가 바짝 머리를 들었다.

"네가 형님 아들이라는 거 좋아. 이제 끈 떨어진 거 모르지 않겠지. 본사 와서 파고 그 양아치들 내려보내!"

"그 사람들 고용 책임져 그러면…"

동천의 말이 끝나기 전에 중년 남자가 그의 얼굴에 주먹질하기 시작했다. 비서가 달려와 그의 팔을 잡았지만 막무가내였다.

"뭐? 고용을 책임져? 네가 뭔데 회사 일에 참견이야. 쌍놈의 새끼!"

"파고는 아버지가 엄마한테 물려준…"

"빨갱이 년인 줄 몰랐으니까 그랬지. 이사들이 빨갱이라는 거 알고 난리가 난 거 모르지?"

"엄마 이야기하지 말라고 했지!"

맞고만 있던 동천이 중년 사내의 두 손을 잡았다. 동천의 키와 덩치가 사내보다 월등히 컸고 어깨도 넓었다.

"그리고 엄마는 공장에서 굴러먹던 여자도 아니고 빨갱이도 아냐!"

"공장에 위장 취업했으면 공순이고 빨갱이지. 얌전하게 대학 졸업하고 주제에 맞는 남자 만나 시집이나 갈 것이지. 형님을 왜 꼬셔가지고. 내가 죽어도 화가 가라앉지 않을 거다. 큰형님이 어쩌다 빨갱이 화냥년에게 홀려서…"

동천의 주먹이 날아갔다. 사내의 얼굴이 확 돌아가며 나가떨어졌다.

"너 이 새끼 사람을 쳐!"

"주먹질한 건 니가 먼저잖아."

"니?"

사내가 엉거주춤 일어났다. 나는 손에 힘을 주어 입을 더 강하게 막았다.

"쓰레기 같은 놈. 빌붙어 있으면 뭐라도 떨어질 줄 아나? 형님 돌아가시고 웬만하면 3년은 참으려고 했는데. 네 빨갱이 애미나 너나 아주 매장해버릴 테니까…"

다시 동천의 주먹이 날아갔다. 이번엔 사내의 입술이 터져 피가 흘렀다. 침을 뱉는데 보니 이빨도 두어 개 부러진 듯했다.

"누가 빨갱이 년 새끼 아니랄까 봐."

사내는 여전히 독기 품은 말을 내뱉었다. 동천이 다시 달려들었을 때, 비서가 달려와 그의 허리를 붙잡고 매달렸다.

"동천 씨 이러면 안 돼. 어머니도 이러길 바라지 않으실 거야."

"놔, 놓으란 말이야!"

사내는 뒷주머니에서 수건을 꺼내 입을 닦았다.

"빨갱이 새끼…. 공장에서 일하는 쓰레기 같은 것들하고 어울릴 때부터 빨갱이인 줄 알았는데 형님은 왜 그런 걸 몰랐을까. 잘 들어. 파고 애들 네 말이라면 듣는 모양인데, 그 빨갱이 연놈들 본사 점거 풀고 시골로 내려가라고 해. 안 그러면 파고 폐업시키고 문 닫아버릴 거니까. 그 빨갱이 연놈들 때문에 성실하게 회사 잘 다니는 다른 사람들까지 직장 잃으면 좋다고들 하겠다. 이번 주까지 해결해. 그리고 그 화냥년한테는 3년 동안만이라도 다른 남자 만나지 말라고…"

동천이 비서를 뿌리치고 중년 사내에게 달려들었다. 동천이 그를 쓰러트린 후, 배 위에 올라탈 때 다급하게 질주해 온 자동차에서 대여섯 명의 사내들이 뛰어내리더니 득달같이 달려왔다. 사내들은 동천을 떼어내기만 할 뿐 그를 때리진 않았다.

"놓으란 말이야! 놓으란 말이야!"

동천의 형이 바닥에서 일어나 옷을 털었다.

"빨갱이랑 쓰레기가 우리 회사를 엉망으로 만들고 있어."

그가 동천의 턱을 향해 발을 날렸다.

"이번 주까지라고 그랬어. 그 쓰레기들 빨리 치워! 그러는 게 너나 니 화냥년에게 그나마 떡고물이라도 떨어질 테니까."

동천이 다시 사내에게 달려들려고 하자 양복을 입은 남자들이 그를 억지로 제압해서 무릎을 꿇게 했다.

"한번 빨갱이는 영원한 빨갱이야, 한번 쓰레기도 영원한 쓰레기고. 한마디 더 해줄까? 한번 서자는 영원한 서자야 이 새끼야!"

그의 형은 찬바람을 일으키며 돌아서더니 차에 올라탔다.

그제야 양복 입은 사내들이 동천을 풀어주었다. 동천은 그대로 엎드려 흐느꼈다. 나는 무대에 올린 한편의 비극을 감상하고 있는 기분이 들었다. 도무지 현실감이 들지 않았다.

"동천 씨, 본사 점거한 사람들 내려가라고 설득해줘요. 동천 씨 이야기만 듣겠다고 하더라고요. 부회장님 성질 잘 아시잖아요. 정리 안 되면 정말 무슨 일을 벌이실지 몰라요."

비서가 동천의 어깨를 두드리며 말했다. 그는 동천의 형이라 짐작되는 남자가 탄 차 쪽의 눈치를 살피며 몇 마디 더 늘어놓았다.

"…요즘 실적이 극도로 부진해서 더 그러시는 거예요. 동천 씨가 조금 이해해줘야 해요."

"세상의 모든 걸 다 가진 인간을 이해하라고요?"

"부당해도 이해해줘요. 그래야 해요."

비서도 자리에서 일어났다.

"이건 슬쩍 흘려들은 이야기예요. 부회장님 맘대로 일이 결정되지 않으면 동천 씨 어머니도 그렇고 동천 씨도 정신병원에 끌려갈 수도 있어요. 내 말 명심해요."

동천은 소리를 지르지도 못하고 머리를 땅에 처박고 흐느꼈다. 비서가 그의 머리맡에 흰 봉투 하나를 내려놓았다.

"그리고 친구들 좀 그럴듯한 사람들 사귀세요."

비서도 떠났다. 동천을 몰아세우던 차들도 떠났다. 그래도 동천은 고개를 들 줄 몰랐다. 지금, 이 순간 나는 내가 뭘 해야 할지 몰랐다.

엄마랑 아빠들이라면? 위로했겠지.

나도 모르게 동천에게 다가갔다. 쪼그려 앉아 그의 등을 토닥거렸다. 그는 몹시 심하게 몸을 떨었다. 나는 달리 해줄 수 있는 말이 없었다. 둘이 나눈 대화를 알아먹을 수도 없었고, 무엇보다 너무 비현실적이어서 더 그랬다. 나는 바닥에 철퍼덕 주저앉았다. 그리고 계속해서 그의 등을 쓸어주었다. 그날은 내게 아무 일도 일어나지 않았다.

5. 원피스와 시대의 시극

"어떻게 저 얼굴과 몸매에 저 음식이 다 들어가지? 초밥 500개가 말이 500개지."

민재가 폰의 동영상을 들여다보며 혀를 내둘렀다.

"남자들이야 그럴 수 있다고 쳐. 먹방이야 딱 보면 잘 먹게 생긴 인간들이 하니까. 그런데 저 여자는 몸매도 호리호리하고 덩치가 있는 것도 아닌데 어떻게 저 많은 음식이 다 들어갈 수 있는 거지?"

나는 여자가 초밥을 먹는 풍경을 넋 놓고 쳐다보았다. 반면 민재는 진지하게 들여다보았다.

"야, 졸라 맛있게 먹지 않냐?"

먹는 방송은 가만 들여다보고 있으면 무슨 원리인지 알 수 없지만 스트레스가 해소되었다.

"어제 실은 나 야동 봤다."

민재가 지나가는 말처럼 툭 내뱉었다. 그리고는 어제 본 야한 동영상에 관해 말하려 하자 내가 얼른 대답했다.

"낯 뜨겁게 그런 걸 여기서 말해. 나 그런 거 별로 안 좋아 해. 먹방 이야기나 하자."

"에이, 꼰대야? 난 그냥 우연하게 본 거야. 작정하고 본 건 아니라고."

나는 문득 넘버 투가 했던 말들이 떠올랐다. 넘버 투는 가 족끼리 모이면 그런 이야기를 자주 했었다. 우리 모두는 평 등한 존재이며, 다른 사람들을 물건 취급하거나 함부로 대 상화해서는 안 된다고. 예전에 넘버 투 앞에서 야동 이야기 하다가 기나 긴 설교를 들은 적이 있었다. 우리 시대의 여성 의 억압이라든지, 계급이라든지, 그런 이야기들….

말을 하다 보니 문득 동천이 그의 형에게 두들겨 맞던 장면이 떠올랐다. 동천의 아버지라 짐작되는 사람이 바람 을 피워서 동천이 생긴 건데, 동천의 어머니는 다른 남자 를 만나면 안 된다는 논리. 이미 동천의 아빠가 죽었는데 도 말이다.

"권상택, 무슨 이야기하고 있어?"

어느새 선영이 다가와 있었다. 민재는 선영을 보자 갑자기 얼굴이 빨갛게 달아올랐다.

"애 얼굴이 왜 이렇게 빨개졌어?"

선영이 민재의 얼굴을 빤히 쳐다보았다.

"어제 야동 봤대."

민재의 얼굴이 더 빨개졌다.

"내, 내가 언제 봤대? 그냥 우연히 어쩌다가 그렇게 됐다고 했잖아."

"본 건 본 거잖아."

"내가 진짜 믿을 놈 하나도 없다니까."

"여자들도 종종 봐. 당황하고 그러지 마."

선영이 의외의 말을 꺼냈다.

"진짜?"

민재가 물었지만 내 귀도 솔깃했다.

"나도 한두 번 봤는데 욕 나오더라."

얼굴에 화색이 돌았던 민재가 다시 주눅이 들었다.

"정말 아름다우면서도 설레게 하는 영상도 많은데, 굳이 그 이야기를 여기서 해야겠어? 민재야 안 그래?"

민재는 입을 꾹 다물었다.

"말 나온 김에 우리 영화 보러 갈까?"

"너 학원 안 가?"

내가 물었다.

"너는?"

선영이 민재에게 물었다.

"영화보러 가면 땡땡이치는 거지, 뭐. 한 번인데."

"그럼 우리 영화 보러 가자. 상택이 너는 배달해야 하는 거 아냐?"

나는 고민에 빠졌다. 아르바이트를 성실히 해야 만화학원 등록비를 낼 수 있을 터였다. 하지만 내가 성실하다고 해도 닭이 팔리지 않으면 무용지물이었다. 그에 비해 동천은 부담이 될 정도로 꼬박꼬박 아르바이트 비용을 입금해주었다.

"오늘 무슨 요일이지?"

"수요일이잖아."

"그래?"

"권상택 요즘 왜 그러냐? 내가 불러도 모르고, 뭘 물으면 딴소리하고."

민재의 말 그대로 동천의 그 순간을 목격한 뒤 나는 말이 줄은 것 같았다. 이틀째 동천은 학교에 나오지 않았다. 어제는 이종찬을 미행하며 찍은 사진 몇 장을 보냈지만 역시 별다른 대꾸가 없었다. 다만 카톡으로 보내 확인했다는 사실만 알고 있었다.

우리 세 사람은 시내로 몰려갔다. 원피스 14번째 극장판 영화를 보기로 결정했고, 표도 끊었다. 선영이 좋아하지 않을지도 모른다는 생각이 들었지만, 마땅히 볼만한 영화가 없기도 했고, 선영이 딱히 거절하지도 않아 표를 끊었다. 문득 그제 형에게 두들겨 맞던 동천이 떠올랐다. 그가 원피스에 등장하는 밀짚모자 루피의 형인 에이스를 닮았다는 엉뚱한 생각이 들었다. 우린 한 시간가량 시간 여유가 남아 분식집으로 들어갔다. 나는 불라면을 주문했고 선영인 라뽁이를, 민재는 치즈라면에 김밥을 주문했다.

"달검 16편 나왔는데 들었어?"

민재가 물었다. 여자 무사가 주인공인 무협소설이었다. 나는 고개를 저었다. 언제부터인가 무협소설이 싫어졌다. 문학 동아리에 들어간 뒤부터였던 것 같았다. 더 정확하게 말하면 문학 선생님이 좋아지면서 기이하게도 무협소설이 싫어졌다.

"집에 들어가는 길에 빌려 가야겠다."

"너네 아직도 무협소설 같은 거 봐?"

선영이 물었다.

"재미있잖아."

민재가 대답했다.

"유치하기는…"

"그, 그럼 넌 뭘 읽어?"

"뭐 딱히 읽는 건 아니고. 웹툰이나 만화책 보지."

"뭐 그러면 유치하기는 우리랑 별로 다를 거 없네. 만화는 뭐 보는데? 만화라면 우리가 일가견이 있거든. 사실 상택이랑 난 만나면 '만화덕후'야. 역 쪽에 '덕후'라고 만화방 알지?"

"니네 거기 다녀?"

선영이도 만화방에 드나든다는 말투였다.

"우린 피씨방 대신 거기 가."

"나도 만화방에 가끔 가."

"이거 의외인데. 만화방 다니는 처자라."

"너 여자랑 남자랑 편가르는 발언할래?"

"쏘리. 혹시 원피스도 만화로 본 거 아냐?"

"당연하지."

갑자기 선영이와 민재가 하이파이브를 했다.

"웃긴 얘기지만 난 사실 원피스라고 해서 여자들이 입는 옷인 줄 알았거든. 영어 이름을 보고서도 그런 생각을 했었다니까."

선영은 엉뚱한 말을 늘어놓았다.

"난 보아 핸콕 팬이야."

"와 나랑 어떻게 취향이 그렇게 똑같으냐."

둘은 만화에 대한 말문이 터진 후 수다스럽게 떠들어댔다.

"사실 아무한테도 나 만화 좋아한다는 말 안 하거든."

"왜?"

"그냥 좀 그래. 게다가 원피스는 일본만화잖아."

"야, 일본 거면 어떻고 한국 거면 어때."

"우리야 그렇지만 꼰대들은 그렇게 생각 안 할 수도 있어."

민재와 선영은 원피스에 등장하는 캐릭터들 같았다. 그녀는 보아 핸콕이 되어 떠들어대고 민재는 루피가 되어 말했다. 선영과 민재가 죽이 맞아 떠드는 건 처음이었다. 만화란 사람들을 느닷없이 가깝게 만들어주는 힘이 있는 듯했다. 음식을 모두 비운 후 우리는 극장으로 달려갔다. 극장으로 들어가기 전 소극장 앞에서 몇몇 사람들과 어울려있는 이종찬을 보았다. 동천이 뒤를 밟으라고 말했던 사람이 지금 눈앞에 있었다. 나도 동천에게 알바비를 그냥 받을 수는 없었다. 넘버 원은 정당한 노동의 대가 없는 돈은 독이라고 말했다. 우연히 마주치긴 했지만 이건 내게 행운인 셈이었다.

"먼저 들어가 있어. 나 잠깐 있다가 들어갈게."

"야, 영화 곧 시작할 건데 어디가?"

민재가 손을 뻗었지만 나를 잡진 못했다. 민재는 금방 선영에게 눈길을 준 후 떠들어댔다. 극장 입구 유리창에 붙어 있는 캐릭터들에 대해 말하느라 나는 안중에도 없는 듯했다. 차라리 다행이었다.

나는 소극장 맞은편에 있는 편의점 안으로 들어갔다.

'시대의 시극?'

이종찬과 그 무리들이 서성이는 소극장 입구 좌측에 그런 안내 문구가 세워져 있었다. 나는 갈아 만든 배 사이다를 홀짝이며 그를 슬쩍슬쩍 폰 사진으로 찍어댔다. 근방에 그가 강의를 나가는 문화센터가 있었다. 그는 그곳에서 시 창작이라는 걸 가르치는 강사였다. 동천이 알려준 장소이기도 한데, 나는 점점 더 동천이 이해되지 않았다. 그는 그 자체로 미스터리였다. 동천과 이종찬이 연결될만한 뭔가를 떠올릴 수도 없었고, 그를 미행하며 사진을 찍어 보내라는 아르바이트가 왜 필요한지도 알 수 없었다. 게다가 밀착해서 24시간 감시를 하는 것도 아니고 시간 나는 대로 들러서 만나는 사람들 면면을 찍어 보내라는 게 전부였다.

이종찬이 내 눈길을 느꼈는지 갑자기 고개를 내가 들어가 있는 편의점 쪽으로 시선을 주었다. 나는 얼른 고개를 숙였다. 천천히 고개를 들어보니 그는 여전히 내 쪽을 쳐다보고 있었다. 다시 고개를 숙이는 게 이상한 행동이라는 생각이 들어 눈길만 돌렸다. 그는 금방 내 쪽에서 시선을 거두고 일행들과 함께 지하로 이어지는 계단으로 향했다. 그는 계단을 내려가기 전 한 차례 더 내게 시선을 주었다. 무슨 뜻인지 알 순 없지만, 그는 나를 쳐다보고 웃었다. 주변의 다른 사람은 보이지 않았다. 나를 예전부터 알던 사람으로 착각했던 것일까.

6. 치킨 맨

선영이와 민재는 '인생 뭐 있어?' 앞까지 같이 걸어온 후 제 갈 길로 갔다. 그때까지도 둘은 원피스에 등장한 캐릭터들에 대해 떠들어대느라 골목이 다 시끄러울 정도였다. 난 아무래도 만화책만 못하다는 생각이 들어 시큰둥했다. 영화보다는 만화책 속의 정지된 이미지가 더 좋았다. 내 마음속에는 책을 좋아하는 꼰대가 살고 있는지도 몰랐다.

둘이 골목 끝으로 사라진 후, 가게 문을 열고 들어서자 맥주 지린내가 물씬 풍겼다. 전에는 역겨웠는데 갈수록 그 냄새가 좋았다. 손님은 없었다. 나는 주방 쪽으로 향했다. 주방에서 두런거리는 말소리가 들렸다. 왠지 은밀한 목소리라 나는 발소리를 죽였다.

"…정말 왜 이러실까? 안 된다고 했지. 가게 문도 열렸고 언제 손님 올지도 모르고."

엄마였다.

"진짜 너무하는 거 아냐? 선배랑은 가끔 같이 자주 하면서 왜 나는 안 되는 거야?"

넘버 투? 나는 조금씩 뒷걸음질 쳤다.

도마 위를 칼로 내려치는 소리가 났다. 나는 움찔했다.

"누가 그래? 선배가 그래? 같이 살면서 우리는 안 하기로 했지? 그 서약 어기려면 당장 나가!"

"진짜 너무한다. 내가 수도승도 아니고 어떻게 참느냔 말이야. 우리 선배랑 합의해서 1년에 몇 번은 잔다, 뭐 그런 규정을 새로 만들면 어떨까?"

"몰라? 그렇게 되면 결국 우리는 깨지게 되어 있어."

입맛 다시는 넘버 투의 소리가 홀까지 들려왔다.

"그럼, 키스라도 할 수 있게 해줘."

"진짜 끈질기네. 좋아하는 후배들 줄줄이 널렸잖아."

"자기만큼 아름다운 여자가 없잖아."

내 낯이 간지러웠다. 남자와 여자란 존재는 모두 그 짓을 해야만 하는 걸까. 본능적으론 동물이니까.

"너, 정말!"

격앙된 엄마의 목소리가 흘러나왔다. 나는 가게를 나가려고 뒤돌아서려다 그만 의자에 발이 걸리고 말았다. 엄마와 넘버 투가 부리나케 홀로 나왔다.

"아들, 어쩐 일이야?"

"아니, 난 그러니까 치킨 배달하려고. 하나라도 빨리 배달하려고…" 나는 엄마와 넘버 투의 얼굴을 쳐다볼 수 없었다. 술병을 들고 테이블 위에 누워 있는 반라의 여자에게 시선을 주었다. 어딜 가나 자극투성이다. 오늘 본 영화 원피스에서도 여자들은 절반만 옷을 걸치고 나왔다. 만화 캐릭터들이지만 자극적이었다. 그런 장면을 보면 전체관람가라는 게 약간 이해가 안 가기도 했다. 아, 이놈의 보수성. 나는 청년이 되기도 전에 꼰대가 된 걸까?

"그래, 오늘 나도 일찍 왔네."

넘버 투가 머리를 긁적거렸다.

"참, 오늘 나 텔레비전에 나오는 거 알아?"

"모르는데." "오늘은 비중이 꽤 크게 잡히거든. 10시에 하니까 기대해."

넘버 투는 리모컨으로 텔레비전을 켰다.

"요즘 내가 출연하는 드라마 시청률 높아지고 있더라."

넘버 투는 지금 배우로 살고 있다. 자신을 탤런트가 아니라 배우라고 불러달라고 했다. 연극배우로 살면서 어쩌다 텔레비전 출연 요청이 오면 방송국으로 달려가 엑스트라로 출연했다. 술에 취하면 연극배우를 하다가 유명한 배우가 된 사람들에 대해서 구구절절 늘어놓았다.

넘버 투의 꿈은 투사였다. 그의 말에 의하면 자신이 믿고 의지했던 이데올로기가 힘없이 무너지면서 한동안 방황하다 배우가 자신의 꿈임을 발견했다고 말했다. 엄마의 권유였다는 말도 빼놓지 않았다.

투사가 필요 없는 시대가 되었을 때, 그의 선후배인 사람들은 그에게 정치판에 들어오라고 종용했다. 왠지 정치를 하는 건 비열한 짓을 벌이는 것만 같아 그 판엔 귀도 기울이지 않았다. 그런 후 그가 택한 꿈이 배우였다. 그래서 그가 부러웠다. 그는 뭐든 분명하고 선명하게 꿈꿨다. 넘버 원은 그런 넘버 투를 두고 늙어서도 구름 따라 흘러 다닌다고 핀잔을 주곤 했는데 간간이 텔레비전에 넘버 투의 모습이 보이면서 핀잔 소리가 쏙 들어가 버렸다.

난 아직 내 꿈이 뭔지도 몰랐다. 넘버 투의 나이 정도는 되어야 선명한 꿈을 꿀 수 있게 되는 걸까? 넘버 투는 시간 날 때마다 가게 일도 도왔다. 여러 가지 직업을 가지고 있는 셈이었다. 내가 없을 땐 배달도 하고 닭도 튀기고 서빙도 했다. 배우도 하고 탤런트도 하니 그야말로 다재다능한 사람이었다. '인생 뭐 있어'의 실내 인테리어도 했고 간판도 디자인했다. 아무튼 재주가 많은 아빠였다. 게다가 나름 잘생긴 편이었다. 그런데 한 가지 이해가 안 되는 부분이 있었다. 그건 처음부터 그랬지만 왜 두 남자가 한 여자를 사랑하고 그것도 모자라 같이 사느냐는 점이었다. 남자와 여자관계는 인생처럼 자기 마음대로 이루어지는 일이 아닌 모양이었다.

토요일은 배달이 많다. 배달 한 건당 나는 천 원을 받는다. 큰 금액은 아니지만 돈 버는 재미가 쏠쏠했다. 민재는 아빠들이 박하다고 말하지만, 나는 아빠들의 말에 동의한 후에 정한 배달비였다. 돈이 크면 인간은 오만해진다는 것이었다. 배달비를 보통 이천 원은 받는다고 한다. 내가 받는 돈에서 천 원을 더 받는 것이지만, 그래도 아빠들 말에 동의했다. 그런데 동천이 그런 나의 동의를 무시한 행동을 보여주었다. 오늘도 동천은 삼만 원을 입금해왔다. 내가 뭔가를 알아내서 전달하지 않아도 닦달하지 않았다. 그게 더 불편했다. 이종찬이라는 남자를 쫓아다녀봤지만 그의 동선은 빤했다. 그는 창신동의 원룸에 살았다. 문화센터와 혜화역 근처에 있는 출판사에 출근했다. 그가 만나는 사람들은 출판사 동료들이거나 시인인 듯한 사람들, 혹은 수강생들이었다. 사귀는 여자가 있는 것 같진 않았다. 하루는 동천에게 받는 돈이 부담스러워 교장선생 재량 휴일에 하루 종일 그를 따라다녀 본 적이 있었다. 직업이 시인인지는 알 순 없었지만, 그는 그냥 직장을 다니는 직장인들과 별반 다르지 않은 삶을 살고 있었다. 간혹 강연을 나가거나 연극을 보거나 혹은 낭독회 같은 곳에 초청되어 가는 것 같다는 정도가 일반 직장인들과 다른 면모이지만 그렇다고 특별하달 것도 없었다.

'나 이 짓 그만둬야겠다. 뭐 별것도 없고.'

동천에게 톡을 보냈지만, 답장 대신 일비 3만 원을 보내 왔다. 그렇다고 딱히 요구하는 어떤 정보가 있는 것도 아니었다. 며칠 뒤 시간 주어지는 대로 그냥 편하게 사진을 찍어 보내주기도 하고 사소한 정보들을 보내달라고 답이 왔다. 만화학원 기본 6개월 과정을 수강하려면 돈이 필요하긴 했다. 그런데 시간이 흐르면서 동천에게서 받는 돈을 알바 비라고 생각하기가 어렵다는 생각이 들었다. 나는 이종찬이라는 사람을 재미삼아 미행하는 것으로 받아들이기로 했다. 동천에게서 받은 돈은 사탕 깡통에 모았다. 날을 잡아 동천에게 돌려줄 생각이었다.

"오늘도 학원 땡땡이쳤냐?"

민재가 두 번 노크를 한 후 방문을 와락 열며 안으로 들어왔다.

"아, 진짜 학원가기 싫다. 우리 엄마 아빠는 내가 학원 다니는 게 효과가 없다는 걸 전혀 인정하지 않는다는 게 문제야."

'그래도 너는 공부하면 보통 이상은 살 가능성은 있는 거잖아.'

나는 그 생각을 입 밖으로 내지 않았다. 나는 어차피 지금 성적으로는 대학 가기는 글렀다. 어렵게 어디든 들어가게 되면 엄마나 아빠들을 힘들게 만들게 뻔했다. 그나마 미련을 둔 대학이 만화학과인데 꼭 대학을 가야하는 건 아니라는 생각은 들었다. 만화학원만 열심히 다녀도 충분할 것 같았다. 어차피 공부와는 담쌓았으니까 후회는 없었다. 엄마와 아빠들도 내 성적에 그다지 관심을 두지 않았다. 뭐, 피가 섞인 가족들이 아니니까. 민재는 만화방으로 가고 나는 '인생 뭐 있어'로 출근했다.

야구모자를 눌러쓰고 등에 '인생 뭐 있어, 통닭!'이라고 적힌 백팩에 통닭 3마리를 담았다. 어깨에 운동화 끈과 백팩 끈을 단단히 조였다. 나는 통닭을 배달할 때 달렸다. 공부에 몰방하는 건 아니지만 희한하게도 달리 운동할 시간이 없었다. 내 나름으로는 용돈도 벌고 운동을 하는 방법이었다.

나는 타이머를 켜고 '인생 뭐 있어'를 한번 뒤돌아본 뒤 가볍게 달렸다. 날이 따뜻해지면서 근처 공원에 놀러온 사람들도 치킨을 시켜 먹었다. 백팩에 들어 있는 치킨 세 마리가 가능한 형태를 유지하도록 느린 속도로 달렸다. 달리면서 여러 가지를 생각했다. 양념 소스, 젓가락, 소금을 챙겼는지, 넘버 투는 촬영 잘하고 있는지, 넘버 원은 지금쯤 퇴근하고 있을 텐데 가게에 도착했는지, 이종찬은 오늘 어디에 있는지 그리고 동천은 뭘 하고 있을지 민재랑 선영인 책상 앞에 앉아 공부하고 있겠지….

낙산공원에는 근처 아파트와 주택가에서 나온 사람들로 제법 북적거렸다. '인생 뭐 있어'의 성수기가 시작되고 있다는 말이었다. 날이 따뜻해지면 사람들은 집에서 나와 공원에서 저녁을 보냈다. 그들은 심심치 않게 통닭을 시켜 먹었다. 특히 주말 저녁이면 나는 배달 아르바이트로 몇만 원을 벌 수 있었다. 이때만큼은 내 인생이 꽉 차 있다는 기분이 들곤 했다. 돈이 문제가 아니었다. 그냥 뭔가를 하고 있다는 기분이 들어 그랬다.

나는 땀을 닦으며 배드민턴 코트 쪽으로 달렸다. 스쿠터로 배달했을 때보다 좀 늦지만 큰 차이는 나지 않았다. 코트는 공원 뒤쪽에 있어서 그런지 가족보다는 커플들이나 학생들이 자주 찾는 곳이었다. 배드민턴장 입구에 스쿠터를 세워놓고 통닭을 들었다. 통닭 세 마리면 많은 수였다. 나는 군데군데 모여 있는 사람들을 둘러보며 짐작으로 다가갔다.

"통닭 시키셨나요?"

남녀가 모여 술판을 벌이고 있는 자리였다. 모두 여덟 명쯤 모여 있었다. 감으로 주문자를 찾는데 대충은 맞았다. 이번에도 한 번에 찾은 그들이 통닭을 주문한 인물들이었다. 절반은 여자였다.

"야! 팔씨름, '인생 뭐 있어'에서 알바 하냐?"

나는 빠르게 사람들을 훑어보았다. 동천의 패거리였다. 그러니까 나보다는 선배들이라는 말이었다. 반말을 할지 존댓말을 할지 망설였다. 노란 머리도 보였다. 미진이라는 이름의 여자도 있었다.

"우리 동천이 동기께서 통닭을 배달하시는구나."

나는 백팩에서 통닭을 꺼내 동천이 옆에 내려놓았다. 그의 좌우에 있는 남자와 여자들은 처음 보는 얼굴들이었다. 그들은 백팩에서 통닭을 꺼내는 나를 유심히 살폈다.

"요즘 통닭 배달을 이렇게 하는 모양이네."

"얜 배달 두 다리로 해. 달리면서 배달한다고 그랬지, 아마."

노란 머리가 동천을 쳐다보았다. 동천은 말없이 들고 있던 맥주를 마셨다.

"누구야?"

누군가 물었다. 나는 괜히 얼굴이 달아올랐다.

"동천이 고딩 동기."

노란 머리의 말에 누군가는 웃었고 누군가는 고개를 끄덕거렸다.

"땀 흘리는 거 좀 봐."

뛰어온 데다 동천의 패거리 앞에 서 있다 보니 나도 모르게 얼굴도 달아오르고 불편했다.

"오만 칠천 원이야."

나는 동천에게만 시선을 맞춘 채 얼른 말했다. 돈은 미진이 냈다.

"더럽게 비싸네."

노란 머리는 투덜거렸다. 주변에 있는 여자들이 요즘 통닭 값이 이 정도라고 말해주었다. 나는 6만 원을 받고 3천 원을 거슬러주었다.

"야, 고딩!"

돌아서려는 날 노란 머리가 불러세웠다. 정작 통닭을 주문했던 동천은 아무 말도 하지 않았다. 그날 이후 주눅이 든 걸까?

"이 덩치가 손힘이 장난이 아니거든. 한번 붙어볼래?"

노란 머리가 곁에 앉은 덩치의 남자를 가리켰다.

"야, 고딩이랑 무슨 팔씨름."

남자는 몸을 사리면서도 나를 슬쩍 살폈다. 정확하게는 내 손을 쳐다보았다.

"동천이 동기라 그냥 넘어가는데 난 아직 상한 감정 안 풀렸다."

노란 머리의 얼굴이 번들거렸다. 나는 동천이를 쳐다봤다. 하지만 동천인 휴대폰을 들여다보며 딴청을 부렸다. 순간 뭐든 그와 연관된 일들은 깨끗하게 마무리 지어야겠다는 생각이 들었다. 받은 돈도 돌려주기로 결심했다.

"야, 술하고 안주하고 좀 치워봐."

노란 머리는 돗자리 중심을 정리했다.

"진짜 하라고?"

덩치가 물었다.

"네가 이놈 손맛을 몰라서 그렇지 한번 붙어봐. 저놈 손에 내 손이 잡혔는데 꼼짝도 못 했으니까. 아무튼 학교에서 팔씨름왕이시란다."

돗자리의 중앙이 말끔하게 치워졌다. 덩치뿐만 아니라 미진, 그리고 같이 온 여자들도 궁금해하는 눈치였다. 나는 마

지막으로 동천을 쳐다보았다. 그가 희미하게 웃었다. 얼굴
이 굳어 있었다면 난 아마 사양하고 도망갔을 터였다.

"이거 재밌겠는데."

입을 다물고 있던 다른 남자가 말했다. 여자들도 신이 난
눈치였다.

"야, 고딩 팔씨름 한번 한 걸로 묵은 감정 털어버릴 테니
까 붙어봐. 근데 너 이름이 뭐냐?"

"권상택."

나는 순순히 대답했다.

"그럼 고딩인 권상택 군과 대딩인 우지욱의 세계적인 팔
씨름 대회를 열겠습니다! 3판 2승제. 상금이 없으면 재미가
없으니 오만 원 걸겠어!"

노란 머리는 우지욱 쪽에 오만 원짜리 한 장을 올려놓았
다. 짐작이 갔다. 우지욱에게 걸겠다는 것이다.

"야. 뭣들 해. 빨리 걸어!"

우지욱은 이미 소매를 걷고 있었다.

"참고로 얘는 학교 팔씨름왕이라는 거. 자 다들 걸어!"

노란 머리의 선동에 주저하던 이들이 만 원짜리 몇 장을
꺼내 들었다.

"야 이렇게 꼭 해야 해?"

우지욱의 목소리는 긍정적이지도 부정적이지도 않았다.

"맨날 만나서 취업 이야기나 하고, 유학, 시험 준비, 추천서, 그딴 것만 말하는 것보다 재미있잖아."

노란 머리가 오만 원짜리를 들고 팔랑거리며 말했다. 나는 팔씨름을 해도 그만, 안 해도 그만인 마음이었다. 모인 사람들은 만 원짜리 몇 장을 만지작거리며 돈을 내밀었다. 노란 머리가 우지욱에게 돈을 걸었다. 그러자 모두 그에게 돈을 걸었다. 합쳐보니 15만 원이었다. 눈치를 보니 노란 머리가 5만 원을 내고 나머지 사람들이 2만 원씩 건 모양이었다.

"이러면 내기가 안 되잖아."

"내가 상택이한테 걸게."

동천이 지갑에서 15만 원을 꺼내 내 쪽에 놓았다. 동천의 참여에 분위기가 후끈 달아올랐다. 나는 엉거주춤 서 있다가 노란 머리가 어깨를 미는 바람에 돗자리 위에 엎드렸다.

"나원 참. 딱 봐도 이건 내 쪽 승린데. 내가 이기면 난 아무것도 없는 거야?"

"네가 이기면 우리가 받게 될 돈에서 30퍼센트 떼어줄게."

"30퍼센트면 5만 원? 그러면 힘 좀 한번 써보지."

우지욱도 바닥에 엎드렸다. 산책을 나온 사람들도 하나둘 모여들었다. 둘이 엎드리자, 노란 머리가 심판을 봤다.

"자, 손잡아!"

나는 우지욱이 형이니 져도 그만, 이기면 좋은 일이었다. 그런데 손을 잡는 순간 우지욱의 근육이 튼실해 보이기만 할 뿐, 물살이라는 걸 대번에 알았다. 우지욱도 내가 통뼈라는 걸 깨달은 눈치였다. 그는 당황했다. 하지만 내색하지 않았다. 나보다 키도 크고 덩치도 좋았으며 무엇보다 친구들 앞이었다.

"시작!"

노란 머리가 신호를 보내자 우지욱은 그야말로 젖 먹던 힘까지 짜내서 손에 쏟아부었다.

'가볍게 이겨 버리면 안 될 거 같은데…'

나는 용을 쓰는 척 이를 다물었다. 우지욱은 얼굴이 벌겋게 달아올랐고 금방이라도 눈이 빠져버릴 것만 같았다. 일단 첫판은 내가 이겼다.

"순간적으로 딴생각했더니 힘이 확 빠져버리네. 손 내밀어. 이번엔 안 봐줄 거니까."

우지욱은 내게 눈의 초점을 맞춘 채 말했다. 다시 그의 손을 잡았다. 이번엔 손잡는 위치나 팔꿈치를 놓는 위치에 신경질을 부렸다. 나는 그가 좋을 대로 따라주었다.

"시작!"

이미 우지욱은 첫판에서 자신이 동원할 힘을 모두 써버

린 터라 지금은 내 손등 위에 바람만 얹어도 넘어갈 판이었다. 갈등이 생겼다. 내가 이 순간 이겨버리면 그의 자존심을 바닥이 날 터였다. 그렇다고 지고 싶지도 않았다. 나는 잠깐 동천의 얼굴을 쳐다보았다. 그가 눈을 깜빡거렸다.

"그럼 그렇지. 내가 질 리가 있겠어."

우지욱이 제 가슴을 두드리며 호탕하게 웃었다. 그러면서도 내 눈치를 슬쩍슬쩍 봤다. 주변에 사람들이 더 모여들었다.

"야, 흥미진진한데. 다시 잡아!"

노란 머리는 나와 그의 손을 잡고 정중앙으로 끌어당겼다. 그의 손을 잡았다. 지금 그의 손에는 땀이 흥건했다. 그의 손가락뼈와 팔뚝을 감싸고 있는 근육과, 근육에 밴 그의 힘이 고스란히 느껴졌다. 그의 손가락 끝이 내 손등 위로 파고들었다.

"시작!"

노란 머리가 마지막 신호를 울렸다. 나는 최대한 그의 얼굴을 살피며 힘을 주었다가 풀기를 반복했다. 그의 얼굴은 빨갛다 못해 노랗게 달아오르기 시작했다. 주변에 모인 사람들이 눈에 들어왔다. 사람들로 빈틈없이 빽빽이 서 있었다. 사람들은 저마다 내기했다. 내가 이길지 우지욱이 이길지. 심지어 꼬마 아이들도 구경하며 편을 나누었다. 덩치 큰 우지욱이 이길 거라는 말들이 많았다. 우지욱의 입술이 파랗게 변하고 있었다. 더 버티게 하다간 밑이 빠져버릴 수도 있었다. 간혹 자신의 힘을 넘치게 쓰면 똥구멍이 빠진다고들 했다. 나는 겨우겨우 힘겨운 승부를 겨루듯 얼굴을 찡그리며 그의 손을 넘겼다.

"야, 아 자식 진짜 세네."

순간 대머리 사이타마가 떠올랐다. 원펀맨의 사이타마. 모든 악을 한 방에 물리쳐버리는 절대 고수 사이타마. 나는 그가 된 기분이었다. 그렇다고 우지욱이 악마라는 말은 아니었다. 나는 팔이 저린 듯 연기했다.

"왜 봐주고 그래."

연기의 마무리도 잘 지었다.

"내가 동생 같은 놈을 이겨서 뭐 하겠냐."

그가 다가와 내 어깨에 손을 얹었다. 게임은 끝났다. 나는 다시 백팩을 메고 모자를 썼다. 동천이 벌어들인 돈 전부를 내게 내밀었다.

"이건 많은데…"

"난 한 게 없잖아."

머뭇거리는데 우지욱과 노란 머리가 입맛을 다시면서도 집어넣으라는 눈짓을 보내왔다.

"통닭 배달하고 얼마 받냐?"

우지욱이 물었다.

"한 마리에 천 원."

나는 사실대로 말했다. 노란 머리와 우지욱이 무리들 사이로 섞여 들어간 뒤 동천과 나는 그들과 두어 걸음 정도 떨어진 거리에 서 있었다.

"그리고 나 그 사람 미행하는 거 그만두면 안 될까? 내가 보내준 거 봐서 알겠지만 별 거 없잖아."

"뭐 특별한 사정이 있는 사람도 아니고. 그냥 네가 심심할 때 뒤를 밟아도 될 법한 사람인데."

동천은 말이 없었다. 그러다가 히죽히죽 웃으며 말했다.

"상택아, 말을 안 해서 그렇지. 여기에도 그날 봤던 그 인간 똘마니들이 어디선가 지켜보고 있을 거야. 내가 누군가한테 뭔가를 부탁해도 마찬가지야. 네가 고등학생이라 별거 없을 거라고 생각하는 거지. 내 말 무슨 말인지 알겠어? 그 인간들은 한순간도 놓치지 않고 나를 감시를 한다고."

그의 말을 알아들었지만, 이해는 되지 않았다. 그렇게 할 일 없는 인간들이 있다는 점도 이해할 수 없었다. 돈 많은 인간들의 삶은 서민들의 삶과는 많이 다른 모양이었다.

"왜 미행해야 하는지라도 알려줘."

"머잖아 알게 되겠지."

노란 머리가 동천을 쳐다보며 손짓했다. 나 같은 고딩은 보내버리고 얼른 통닭이나 먹자는 것이었다.

"너, 지욱이 봐준 거지?"

나는 히죽 웃었다.

"완전 물살이야."

"너 완전히 통뼈던데."

"아빠들이 그러던데 통뼈가 팔씨름을 잘한다고."

나는 스마트폰으로 시간을 확인해봤다. 공원으로 배달 가서 다른 길로 샜다고 생각할 터였다.

"…비열함도 싫고 타협도 싫고 권태도 싫고 억지스러운 삶과 복수도 싫다면 방법은 있다. 강물은 깊고 새벽 도로를 질주하는 차들의 속도는 빠르고 기차는 멈추지 않는다. 원래의 자리로 돌아가면 모든 건 멈춘다. 그것도 인생이다…"

동천이 느닷없이 명문장 같은 글을 읊어댔다. 넘버 투가 드라마에서 읊을 법한 말투고 말이었다.

"너는 나를 잘 모르겠지. 알바비도 더 주고 싶은데. 내 통장에서 일정액 이상이 빠져나가면 그 인간 비서실에서 긴장하고 뒷조사 나와."

"에이 설마."

"우린 그래."

"뭐 지극한 관심을 받는 거잖아."

"지극한 관심? 그건 간섭이고 구속이야. 아버지만 살아 있었어도…"

동천이 나를 힐끔 쳐다보았다.

"학교는 언제부터 나올 거야?"

"여름이 되기 전에 나갈 거야. 검정고시는 싫거든."

나는 술 한 잔 마시고 가라는 유혹을 물리치고 달렸다. 배달을 끝낸 뒤라 뒤가 홀가분했다. 뜀박질의 속도도 빨라졌다.

'지들이 우리랑 다를 게 뭐야? 똑같이 세 끼 먹고 똥 싸고 자는 거잖아.'

나는 동천이 말한 그날의 형에 대해 떠올렸다. 동천이 그를 묵사발 만들 때 여기저기서 나타난 양복의 사내들도 기억났다.

'그 많은 청춘이 그 사람 하나만 지키려고 달려온다고? 참나.'

사람들을 피해 달렸다. 밤이 깊어지면서 거리엔 점점 사람들로 채워졌다. 나는 열심히 달렸다.

7. 캣 우먼

　모자를 깊이 눌러쓰고 이종찬의 뒤를 밟았다. 주머니 속의 폰을 만지작거렸다. 동천에 대한 빚을 진 마음 때문이었는데, 왜 내가 그에게 빚진 마음이 들었는지 알 수가 없었다. 객관적으로 생각해보면 동천은 상상 이상으로 부유한 집안의 남자였다. 옷에서 하루 종일 튀긴 닭 냄새를 풀풀 풍기는 나와는 분명 달랐다. 그런 그에게 빚진 기분은, 남들은 알지 못하는 광경을 본 때문인 듯했다. 형이라는 작자에게 두들겨 맞기도 하고 대들기도 했던 그날. 하지만 그것도 딱히 이유가 될 수는 없을 것 같았다. 그의 비밀을 나만 알게 되었다고 해서 그에게 빚진 기분이 들 리가 없었다. 지금은 딱히 알 수 없지만 아무튼 기분은 그랬다. 분명하게 달라진 게 있다면 동천을 다른 아이들처럼 무서워하지 않는다는 점이었다.

　그는 고맙게도 창신동에 살았다. 어쩌면 한두 번쯤 '인생 뭐 있어'에서 통닭을 배달시켜 먹었을지도 모른다. 학교에서 집으로 돌아가는 길에, 혹은 통닭 배달을 나갔다가 그가 살고 있는 '우주주택' 앞으로 빙 돌아오고는 했다. 주로 오후 시간대이긴 하지만 이틀에 한 번 정도는 이종찬의 뒤를 밟았는데, 오늘 그의 옷차림이 좀 깔끔했다. 강연을 하러 갈 때도 얼굴은 말끔했고 옷차림도 깨끗한 편이었다. 나는 무심한 척하며 그의 뒤를 따라가면서 그의 모습을 찍었다. 몰카 찍어댄다고 고발당할 수도 있을까? 남자가 남자를 찍는대? 알 수 없는 노릇이긴 하지만 딱히 이상한 장면을 찍은 건 아니니 혹여라도 그런 사태가 빚어지면 할 말은 충분했다.

　이종찬은 걸음이 느렸다. 천천히 걸어서 걸음이 느린 게 아니라 사방을 살피며 걸어서 느렸다. 거리 주변의 가게들을 일일이 구경하고 조금이라도 화려한 색감의 옷을 입은 사람이면 남자든 여자든 개의치 않고 유심히 살폈다. 벤치 아래 숨어 있는 고양이를 유심히 쳐다보기도 했고 유모차에 앉아 있는 아이를 쳐다보며 미소를 짓기도 했다. 그는 유독 광고문구에 관심을 많이 보이곤 했다. 그의 뒤를 쫓으면서 특정한 목적이 있어서 거리에 나온 게 아니라 그냥 산책을 나온 게 아닌가 싶었다.

이종찬은 집에서 나와 30분 남짓 걸린 후에야 지하철 역사로 들어갔다. 내 걸음으로 느리게 걸어도 10분이면 닿을 거리였다. 심심한 남자라는 생각이 들었다. 나는 적당하게 거리를 두고 그의 뒤를 밟았다.

그는 지하철에 올라탄 후 숄더백에서 책을 꺼내 보았다. 토요일인 데다 오후 시간이라 그런지 지하철 안은 한산한 편이었다. 앉을 자리가 있는 정도는 아니었지만. 사람들도 뭔가를 열심히 봤다. 단 한 사람도 뭔가를 보지 않는 사람들이 없었는데 책을 보는 사람은 이종찬이 유일했다. 나는 학교에 가거나 통닭집에서 배달하러 다닐 때도 가까운 거리를 뛰거나 걸어 다녀서 지하철을 타는 일은 드물었다. 그런데 오늘 지하철을 이용하는 사람들이 대부분 뭔가를 열중해서 보고 읽는다는 사실을 알게 되었다. 다만 그들이 전부 스마트폰을 들여다보고 있다는 점은 조금 놀라웠다. 어린애건 노인이건 폰만 들여다보았다. 그래서 이종찬이 좀 낯설어 보였다. 나도 가만히 서 있기가 멋쩍어 백팩에서 '함량미달'에 낼 에세이 출력본을 꺼내 읽었다. 선생님이 표시해 놓은 글귀들을 보며 간간이 그를 살폈다. 그는 멀리 가지 않고 동대문역에서 내렸다. 나는 출력본을 손에 든 채 그의 뒤를 따랐다. 1호선으로 갈아탄 후에도 그는 책을 읽었고 종로 3가에서 내린 후 다시 일산 방향의 3호선으로 갈아탔다. 그러더니 한 정거장 지난 안국역에서 내렸다.

'오늘은 동선이 전혀 다른데.'

약간 긴장이 됐다. 창신동과 혜화역 부근만을 맴돌던 그가 안국동까지 진출했다. 괜히 목이 말랐다. 가판대에서 500ml짜리 물 하나를 샀다. 그는 여전히 거리의 가게들을 해찰하며 앞으로 걸어 나갔다. 그는 전통 수예품을 파는 상가 거리로 들어간 뒤 10분 남짓 종로 방향으로 걸어갔다. 일본인과 중국인 관광객들이 깃발을 들고 오갔고, 또래의 아이들이 거리를 휩쓸고 지나갔다. 그는 사람들도 유심히 관찰하고 구경하며 걸었다. 전에는 그가 그렇게 사방을 살피며 걷는다는 걸 알지 못했다는 게 신기했다.

대형 전통 수예품 매장 앞에서 골목길로 들어선 그는 50미터 남짓 걸어간 뒤 갤러리로 들어갔다. 나는 서둘러 그의 뒤를 쫓았다.

'앞 선 시대전(展)'

그가 들어간 갤러리 입구 머리에 그런 플래카드가 붙어 있었다. 나도 안으로 들어갔다. 홀은 밖에서 볼 때와 달리 무척 넓었다. 2층까지 전시관이 있는 갤러리였는데, 사람들도 제법 많은 편이었다. 사람들 사이에서 그림 구경을 하는 이종찬을 찾았다.

'그림 구경 왔나?'

나는 안내데스크에서 팸플릿 하나를 얻었다. 팸플릿 안을 뒤적거렸다. 화가들의 그림을 해석할 수는 없지만 미래를 모티브로 그림을 그리거나 설치한 예술품을 전시해 놓은 전시였다. 팸플릿을 건성으로 살피며 그의 뒤를 걷고 있는데 그가 구석진 자리에 서서 누군가와 통화를 했다. 나는 그에게 조금 더 다가갔다. 그림 하나 건너까지 가까이 다가갔다.

"…네 들어왔습니다. 선배님 내려오시면 같이 나가시죠."

'선배?'

뭐 그럴 수도 있겠다. 그는 캔버스를 양분해서 수평선을 연상시키는 그림 앞에서 오래 머물렀다. 위는 하얀 편이었고 절반 아래는 파란 서양화였다.

"종찬아!"

나는 천천히 고개를 들고 그를 쳐다보았다. 그의 뒤에 비슷한 키의 여성이 서 있었다.

"선배님!"

두 사람은 손을 잡았다. 나는 괜한 긴장감을 느꼈다. 팸플
릿을 가방에 넣었다. 나는 두 사람의 곁을 지나 다음 그림
앞에 섰다.

"우리 얼마 만이냐?"

"얼마 안 됐어요."

"그래도 한두 달은 된 거 같은데?"

두 사람은 이종찬이 오랫동안 보며 머물렀던 그림을 바라
보았다.

"두 달이면 길지."

"그러게요. 선배님 잘 지내시죠?"

슬쩍 여자를 살폈다. 엄마와 비슷한 연배 같으면서도 아
닌 것도 같았다. 옷차림새가 엄마와는 너무 차이가 났고, 어
깨보다 조금 아래로 내려오는 머리 모양도 단발보다 짧은
엄마와는 크게 차이 났다. 기름때에 절어 매일 반들거리는
엄마의 얼굴 피부는 검었지만, 이종찬이 만난 여자는 희디
희었다.

"그래, 좀 찾아봤어?"

"선배도 참…. 서울 바닥이 시골 동네인 줄 아세요?"

"하긴…. 이 그림 잘 들여다봐 봐."

여자가 이종찬이 보던 그림을 가리켰다. 이종찬이 그림 앞으로 바짝 다가섰다.

"와, 멀리서 볼 때는 몰랐는데 전부 글자네요."

"그래, 글자지. 관람 온 사람들은 이게 글자로 이루어진 그림이라는 걸 아마 대부분 모를 거야."

"그러게요."

"현실과 꿈을 나누어 놓은 거야. 글자들도 그런 의미의 글자들로 채워져 있고."

이종찬이 손가락으로 상단 중간쯤을 가리켰다.

"야, 여기 '시'라는 단어도 있네요."

"꿈이니까."

"시가 꿈이에요, 시인이 꿈이에요?"

"둘 다."

두 사람은 싱거운 소리를 해대더니 키득거렸다.

"나가자. 좀 이르지만 저녁 먹자."

나는 그림을 폰에 담는 듯 자세를 취하며, 두 사람을 동영상 속에 담았다. 오랜만에 이종찬이 새로운 사람을 만났다. 별스러운 만남이거나 비밀스러운 만남 같은 건 아닌 듯했다. 한마디로 특별하게 미행할 만한 이유를 알 수가 없는 존재였다. 도대체 왜 그를 미행하라 한 건지 난 이해할 수 없었다.

두 사람은 2층까지 올라가지 않고 곧장 밖으로 나갔다.

"나 잠깐 나갔다 올게요. 무슨 일 있으면 전화해 줘요."

여자는 데스크에 부탁의 말을 남겼다. 여자의 전시전이거나 갤러리의 주인인 듯했다. 나도 서둘러 두 사람의 뒤를 밟았다. 두 사람은 '한Han'이라는 한식집으로 들어갔다. 나는 망설였다. 이런 식당에 어린 남학생이 혼자 들어가는 게 이상했다. 술집이 아니니 나도 들어갈 수는 있었다. 민재에게 전화를 걸었다.

"어디라고?"

"사진 캡처해서 보낼게. 택시 타고 최대한 빨리 와. 내가 밥도 사고 만화방 비용도 낸다."

"뻥치기만 해봐라."

민재를 불렀다. 민재는 정말 빨리 왔다.

"무슨 일이야?"

나는 다짜고짜 그를 끌고 한식집으로 들어갔다.

"저녁 아직 안 먹었지?"

"당연하지. 벌써 저녁 먹냐?"

나는 자리를 탐색하다 이종찬과 여자가 앉은 자리에서 한 테이블 건너에 앉았다. 사람이 드나드는 공간은 트여있지만 앞뒤 좌석은 블라인드로 막혀 앉아있는 사람이 보이지 않왔다. 아르바이트생이 메뉴판을 가져왔다.

"야, 여기 더럽게 비싸다. 1인분에 만 팔천 원?"

민재가 고개를 들고 나를 쳐다봤다.

"진짜로 네가 사는 거야?"

"그래."

"너 공돈 생겼어?"

"알바비 받잖아."

"야, 통닭 한 마리 배달하고 천 원씩 받는 돈으로 이런 걸 먹어?"

민재는 놀란 눈치였다. 나는 민재의 말이 귀에 들어오지 않았다. 온통 이종찬과 여자가 앉아 있는 쪽으로 신경이 쏠렸다.

"야! 권상택!"

"응?"

"천 원씩 받는 배달료로 이런 거 먹어도 되냐고?"

"돼."

난 간단하게 말했다.

"너 좀 이상한데. 세상 짠돌이가 말이야. 어지간한 거리면 버스 안 타고 뛰는 놈이 이런 걸 먹는다고?"

민재에게는 말해야 한다는 생각이 들었다.

"그게 말이야…"

나는 만화방에서 동천에게 발길질했던 사건부터 이종찬이라는 남자를 미행해주는 것으로 그날의 사건을 마무리 짓겠다는 것, 낙산 공원에서 일어난 팔씨름, 그리고 매일 알바비를 3만 원씩 넣는다는 것까지 설명해주었다.

"그런데 여긴 왜?"

나는 손가락으로 내 뒤쪽을 가리켰다. 민재가 제 입을 막았지만, 손 밖으로 놀란 비명이 새어나갔다.

"야, 이거 진짜 대박인데."

민재는 금방 소곤거리듯 말했다.

"동천이…"

나는 손가락을 입술에 가져다 댔다.

"걔 뭔가 비밀스러운 데가 있을 거라고 생각은 했는데."

"그런데 그다지 비밀스러운 거 없어. 뭐 대단한 사람도 아니고. 그래서 더 이상하지만."

그가 시인이라는 거, 그리고 그냥 평범하게 사는 인간이라는 것도 말해주었다. 한정식이 나왔다.

"와, 생일날에도 이런 상 못 받아봤다. 만 팔천 원 받을만 하네."

반찬이 스무 가지도 넘는 듯했다. 나는 민재와 이야기하며 음식을 먹는 중에도 이종찬이 앉아 있는 테이블 쪽으로 귀를 기울였다. 그냥 일상적인 이야기들뿐이었다. 그들의 말에 조금은 쫑긋 귀를 세우게 하는 말이 들렸다.

"…그래 선배는 찾아봤어?"

"다음 주에 종민 선배 사는 데 알만한 친구를 만나기로 했어요. 그 친구가 지금 독일에 출장 가 있더라고요."

"누군데?"

"창완이라고 아시죠?"

"창완이?"

"왜 우리 광화문에서 데모할 때 물대포 맞고 쓰러졌는데 생각 안 나세요? 국문학과에 있던 앤데. 종민 선배 후배이기도 하고."

"전화로 말해줘도 되는 거 아냐?"

물대포? 데모? 선배 후배? 우리 집에서 흔하게 들었던 말들이었다.

"종민 선배 누구랑 결혼했다는 소문도 있어요."

"결혼? 전설적인 사람이 결혼했는데 우리가 몰라?"

"그냥 조용히 했나 봐요. 소문이긴 하지만 필종 선배 부인이랑…."

"필종 선배?"

여자가 놀라 소리를 지르다 입을 막았다.

"맞아요. 필종 선배. 세상에 단 하나의 인간도 소중하지 않은 인간은 없다던 그 필종 선배요."

여자가 한동안 말이 없었다. 문득 종민이라는 이름이 낯익다는 생각이 들었다.

'종민, 종민… 어디서 많이 들은 이름인데. 아, 넘버 원 이름이 종민이지. 종민이란 이름 흔하잖아. 연예인도 있는데.'

데모, 물대포 게다가 종민이라는 이름 때문인지 두 사람의 이야기가 낯설지 않았다.

'그러니까 필종이라는 사람의 부인이 있고, 그 부인이 종민이라는 후배와 결혼했다? 완전 막장이잖아.'

왜 그런지 괜히 목이 탔다.

"필종 선배는 어디 모셨어?"

"유언으로 바람에 날려달라고 하셨잖아요."

"그, 그랬지. 그러면 상희 언니도 소식 모르는 거네."

"종민 선배랑 상희 선배랑 어디선가 살고 있겠죠. 그런데 선배…"

이종찬이 여자를 빤히 쳐다보았다. 나는 물 한 컵을 다 비우고 다시 물을 따랐다. 두 사람의 테이블 앞에 음식들이 나왔다.

"왜 느끼하게 날 불러."

"그 선배들 꼭 찾아야 해요?"

"왜?"

"다시는 길거리에서라도 우연히 마주치고 싶지 않다고…"

"종민 선배가 그랬지."

"변절한 우리와는 숨도 같이 쉬고 싶지 않다고 그랬던 말이 아직도 안 잊혀요."

"세상이 변했잖아. 누구보다 필종 선배나 종민 선배, 그리고 상희 선배는 잘살아야 하는 사람들이잖아."

여자가 말을 끝내자 이종찬이 고개를 푹 숙였다.

"아무튼 찾긴 찾아야 할 거 같아. 창완이는 뭐래?"

"그게 좀 말 못 할 뭔가가 있나 봐요. 전화로 이야기하기 곤란하거나. 톡은 간단하게만 답 줄 수 있대요. 그래서 그 친구 본 지도 오래됐고 급한 일도 아니잖아요?"

"급한 일은 아니지."

"그래서 다음 주에 만나기로 했어요."

"같이 만날까?"

"그러셔도 되죠."

그런 말들이 들렸다. 민재가 앞에서 떠들어대는 이야기는 귀에 들어오지 않았다. 종민이라는 이름도 익숙했지만, 상희라는 이름도 낯익었다. 흔한 이름이라 그런가.

그들은 흔한 이야기를 늘어놓았다. 시집 이야기, 문화센터 강사에 관한 이야기, 이종찬의 결혼에 관한 이야기, 여자의 갤러리….

"야! 전화 안 받을 거냐고?"

민재가 내게 얼굴을 바짝 들이민 후에야 그의 말이 귀에 들어왔다. 나는 통화버튼을 누르고 폰을 들었다. 의외의 목소리가 들렸다.

"형님이 전화 걸면 빨랑빨랑 받아라."

광수였다.

"무슨 일인데?"

"너 동생 있지?"

"있지."

"키도 커서 너 정도고. 눈 크고. 오늘은 검은색 청바지에 청색 내셔널 지오그래피 후드티 입고 나왔고."

나는 잠시 아침 밥상머리를 떠올려 보았다. 느지막이 일어나 같이 식탁에 둘러앉아 밥을 먹었는데, 그때 상미가 입고 있었던 옷이.

"맞아. 그 후드 티."

"맞다네."

광수가 전화기 밖의 누군가에게 말하는 듯했다.

"그런데 완전 화장 진하게 하고 어디 가던데?"

"뭐?"

"아무튼 와봐. 여기 낙원상가 뒤쪽이야. 음식점 많은 거리. 알지?"

"어디?"

나는 의자에서 벌떡 일어났다. 덩달아 민재도 일어났다. 나는 이미 카운터 쪽으로 나와 음식값을 계산하며 통화를 했다. 문을 열고 나가기 전에 이종찬이 앉아 있는 쪽을 바라보았다. 조명 때문인지 여자의 얼굴이 훤히 보였다.

"야. 저 여자가 이종찬이야? 이름은 남잔데?"

나는 민재를 쳐다보며 눈을 흘겼다.

"아니, 맞은 편에."

"저 여자 진짜 미인이다."

민재가 말했다. 나도 그런 생각이 들었지만 말하진 않았다.

"…얼른 와. 한지 사거리에서 낙원 상가 쪽에 있어. 술집 이름은 '웨일'이야. 그런데 웨일이 뭐냐?"

수화기 저편에서 웅성거리는 소리가 들렸다.

"술집 이름이 고래래. 난 말해줬다. 친구 동생을 봤는데 모른 척 할 수가 있어야지."

광수와 통화를 끝냈다.

나는 민재와 함께 낙원 상가 쪽으로 달리기 시작했다. 민재는 점점 더 뒤처지기 시작했다.

나는 뜀박질을 멈추고 상가 좌우를 살피며 발걸음을 세게 놀렸다.

"인마, 너만 그렇게 존나게 뛰면 내가 어떻게 따라가냐? 그런데 왜 뛴 건데?"

민재가 숨을 헐떡거리며 따라붙었다.

"광수가 상미를 봤대."

"그게 뭐?"

"화장을 진하게 하고 지나가더란다."

"뭐 그럴 나이잖아."

"광수가 말한 건 좀 다른 뉘앙스였어."

"뉘앙스? 누가 문학반 아니랄까 봐."

나는 그의 이야기가 귀에 들어오지 않았다. 골목이 끝나는 곳에 길쭉하고 파란 간판이 눈에 들어왔다. 웨일. 간판의 윗부분은 고래의 머리처럼 둥글었고 아랫부분은 가게 입구 쪽으로 꼬리가 방향을 가리키고 있었다.

"상미가 여길 왔다고?"

민재가 좌우를 살폈다. 가게 입구에 소주 세트 메뉴에 대한 가격표와 맥주, 양주 등에 대한 가격까지 적혀 있었다. 나는 망설이지 않고 가게 안으로 들어갔다.

8. 콩가루?

가게 안은 진짜 고래의 배 속인 것처럼 넓었다. 나도 처음이지만 민재도 이런 곳이 처음인 모양이었다. 민재는 연신 주변을 두리번거렸다.

"야, 상미 여기서 알바 하는 거겠지. 그래도 좀 그렇긴 하지만…"

나도 그러길 바랐다. 하지만 상미의 소식을 전한 광수의 말투는 좀 이상했다. 민재나 내가 생각하는 것과는 다른 느낌이었다. 나는 한 발 안으로 더 깊이 들어갔다. 천장의 조명이 색색으로 요란했다. 문득 내가 상미의 일에 간섭해도 되는지 의문이 들었다. 어쩌면 내가 상상하는, 상미가 술집에 아무렇지도 않게 드나드는 상상은 잘못된 것인지도 몰랐다. 하지만 내 자신에게 보내려는 위로는 가짜 위로였다.

그냥 불편한 걸 외면하려는 짓이었다. 어떤 의무감으로라도 상미를 찾아야 한다고 생각했지만 나는 뒤돌아서고 말았다.

"상미 안 찾아?"

"그냥 내버려 두는 게 좋을 거 같아."

"미친, 네 여동생이잖아. 나라면 당장 머리채 끌고 나오겠다. 여긴 헌팅 포차 같은 곳이잖아. 상미가 아직 그럴 나이는 아니고."

민재는 내 팔을 잡은 채 가게 안을 빠르게 둘러보았다.

"저기 있다."

민재는 상미를 발견했다. 나는 얼결에 민재의 손에 잡혀 상미가 있는 쪽으로 끌려갔다. 그런 나와 민재를 종업원이 막아섰다.

"고등학생들이죠? 누가 고등학생들 들여보냈어? 우린 학생한테 술 안 팝니다."

"술 마시러 온 게 아니라 누굴 좀 보러 온 거예요."

민재가 손가락으로 안쪽에 앉아 있는 상미를 가리켰다. 상미 앞에서 대학생쯤으로 보이는 남자들 셋이 앉아 있었다. 그들은 담배를 피우며 술잔을 돌리고 있었다. 상미의 손에도 500cc 맥주잔이 들려있었다. 맥주잔을 든 폼이 그럴싸했다. 웃음소리가 출입문 쪽까지 들려왔다.

'아빠, 꿈이 뭐였어?'

아마 지난 해 크리스마스였을 것이다. 나는 모두가 모인 자리에서 넘버 원에게 딱히 할 말이 없어서 무심하게 물어봤다.

'꿈?'

넘버 원은 엄마와 넘버 투와 상미를 둘러보았다.

'아마 우리 셋은 비슷할 거야. 보편적인 삶이 억압받지 않고 살아갈 수 있는 사회를 만드는 게 꿈이었지. 두 사람도 그랬지?'

'어, 나는 아냐. 나는 배우야.'

넘버 투가 말했다.

'배우이긴 배우이지. 외롭고 소외당하고 내쳐진 사람들을 연기하는 배우가 꿈이라고 그랬잖아. 내가 한 말이나 네가 한 말이나 똑같은 이야기야.'

넘버 원이 부연 설명을 했다.

'달라. 수영이는 배우고 종민 씨는 투사잖아.'

엄마가 말했다. 상미와 나는 그들이 꿈을 이루기 위해 어떤 삶을 살아왔는지 알지도 못하면서 낄낄거렸다. 상미는? 기자가 꿈이었다. 엄마가 신문방송학과를 졸업했고 한때 기자였다고 말한 적이 있었다. 지금 눈앞의 상미는 그 꿈과 너무도 멀리 떨어진 것처럼 보였다.

나는 종업원을 밀치고 상미에게로 갔다. 맥주잔을 들고 있던 상미가 놀라 잔을 테이블 위에 내려놓았다. 긴 속눈썹 흰 얼굴 빨간 입술이었지만 확실히 상미였다. 앞에 앉아 있던 남자들이 나를 올려다봤다.

"너, 뭐야?"

나는 다짜고짜 상미의 손을 잡았다. 그리곤 그녀를 일으켰다.

"너, 이 새끼 뭐냐니까?"

남자들이 의자에서 일어났다.

"얜 내 동생이야."

남자들이 주춤거렸다.

"그래서?"

남자 한 명이 손을 뻗어 내 손을 잡았다.

"이봐, 당신들 얘가 몇 살 인줄 알아? 당신들 미성년 성폭행 몰라? 얘 고1이야, 고1."

남자가 내 손을 얼른 놓았다. 나는 상미를 끌고 나왔다. 상미의 친구들이 덩달아 따라 나왔다. 상미의 친구들은 가게 밖으로 나오자마자 민재만 졸졸 따라다녔다. 아직은 여자가 아닌 소녀들일 뿐이었다. 멀리서 '재수 없어, 쪽 팔려'라는 말들이 귀에 들어왔다.

나는 상미를 데리고 골목 안으로 들어갔다. 가로등 아래 상미를 세웠다.

"너, 미쳤어?"

"내가 뭘?"

상미는 나를 빤히 바라보았다.

"너 밤마다 나가길래 난 공부하러 다니는 줄 알았어."

가로등 아래 서 있는 상미는 여자다웠다. 단발머리에 앳되기만 했던 상미가 아니었다.

"넌, 공부하는 거 지긋지긋하지 않니?"

상미가 대들듯 말했다.

"그래도 이건 아니잖아."

"뭐가 어때. 우리 잘못된다고 누가 울기라도 해준대?"

골목 입구에 상미의 친구들과 민재가 서 있었다.

"엄마랑 아빠들이랑…"

"치, 그 사람들이 진짜 내 엄마 아빠라도 된대? 난 폼나게 살다가 스무 살에 죽을 거야. 그러니까 내 일에 상관하지 마."

상미가 나를 밀쳐냈다. 나는 다시 상미의 손을 잡았다.

"미친년, 그래도 그 사람들 누구보다 훌륭한 엄마고 아빠야. 알면서 왜 그래?"

"몰라, 다 몰라. 난 내 멋대로 살 거야."

"상미야. 엄마랑 아빠들 생각해서 우리 이러면 안 되는 거야."

"꼰대 같은 소리 하고 있네. 친오빠도 아니면서 나서지 마."

"권상미! 난 진짜 니 오빠인지도 몰라! 어쩌면 엄마는 진짜 엄마인지도 모르고."

상미의 눈가에 작은 물방울들이 점점 고이기 시작했다. 금방이라도 흘러내릴 것 같았는데 훼방꾼들이 나타났다. 골목 안으로 남자들이 들어왔다. 남자들이 민재와 상미의 친구들을 밀치고 골목 안으로 들어왔다.

"야이 새끼야, 네가 이 년 오빠라는 증거 있어?"

한 남자가 건들거리며 다가왔다.

"애인이겠지."

다른 남자가 실실 웃으며 말했다.

"진짜⋯."

내 말이 채 끝나기도 전에 남자의 주먹이 날아왔다. 상미의 비명이 들렸다. 한 남자가 상미를 붙잡고 있었고 다른 두 명의 남자가 내게 주먹질과 발길질을 했다. 민재는 부들부들 떨기만 할 뿐 골목 안으로 들어오지 못했다. 상미의 여자친구들은 보이지 않았다. 입술이 터져 피가 흘렀다. 옆구리에도 통증이 몰려왔다. 문득 머릿속에 '고무고무'라는 단어가 떠올랐다. 밀짚모자 루피. 지금 나는 상미를 위해, 그리고 나를 위해 루피가 되어야만 했다. 루피가 아니라면 사이타마라도 나타나 이 인간들을 쓸어버려 주기를 바랐다.

"우리가 믿을 줄 알았지? 이 년이 고딩이던 아니던 그건 중요하지 않거든."

상미가 남자의 손아귀에서 벗어나려고 몸부림쳤다.

"진짜 내 오빠란 말이야!"

상미가 소리를 질러도 소용없었다. 남자들은 웃으며 나를 짓밟았다. 상미는 계속해서 울었다. 그래도 남자들은 낄낄거리며 웃었다. 그래도 동천이나 광수는 주먹질하는 나름의 규칙은 가지고 있었다. 동등한 힘을 지니지 않은 친구들에게는 주먹질하지 않았다. 그러면서 멋진 척을 하긴 하지만.

이 순간 동천과 광수의 얼굴이 떠올랐다. 학교에 다니면서 벌레 보듯 했던 녀석들이었는데 지금은 기이하게도 동지 같다는 생각이 들었다. 자꾸 발바닥이 근질거렸다. 지금, 이 순간처럼 맥없이 누군가의 폭력에 저항하지 못할 때마다 난 달리고 싶었다. 이 인간들을 쓰러트리고 골목 밖으로 뛰어나갈 수는 있을 것 같았다. 그럼, 상미는 어찌해야 할까? 느러터진 민재도 걱정이 되었다. 나는 발바닥에 주었던 힘을 풀었다.

"당신들, 뭐야?"

골목 입구에서 몇 명의 남자가 골목으로 들어오고 있었다. 놀랍게도 동천이와 광수 그리고 그들의 패거리였다. 나를 때리던 남자들이 주춤거렸다. 가로등 아래 지날 때 광수의 머리가 반들거렸다. 영락없이 원펀맨이었다. 동천은 루피? 둘이 싸우면 도대체 누가 이길까? 나는 이 와중에 엉뚱하게도 그런 생각이 들었다.

"너 뭐야?"

"나, 상택이 친군데…"

동천은 한 발 뒤로 물러서 있고 광수가 앞으로 나선다 싶은 순간, 맨 앞의 남자에게 느닷없이 주먹을 날렸다. 살집이 많고 덩치가 있어 느릴 거라 짐작했는데 그는 몸이 빨랐다. 게다가 무방비 상태라 광수의 주먹에 맞은 남자는 순식간에 쓰러졌다. 광수는 주먹과 발을 쉬지 않고 놀렸다.

"아무리 세상이 더러워졌어도 고1은 아냐, 이 좆만이들아. 별별 놈들이 다 잡혀가는데 아직도 어린 여자라면 사족을 못 쓰는 놈들이 있다는 게 신기하네. 젊은 형님들이 어째 이럴까. 정신 바짝 차려서 이 나라를 끌고 가도 시원찮을 판국에."

광수는 연설가처럼 막힘없이 말을 토해냈다. 아마 민재에게 이미 대충 이야기를 들은 듯했다. 동천은 광수의 폭행을 구경하기만 했다. 그는 신들린 듯 남자들을 짓밟았다. 남자들이 몸을 말았다.

"씨발놈들, 너 같은 쌥탱이들 때문에 남자들도 타락하고 여자들도 타락하는 거야."

그의 입에서 어울리지 않는 말이 튀어나왔다. 광수는 마무리하듯 바닥에 쓰러져있던 남자들의 턱을 걷어찼다. 남자들이 골목 담 쪽으로 굴러갔다. 그를 칭찬해야 하는지 비난해야 하는지 헷갈렸다.

우리는 청계천변에 자리를 잡고 앉았다. 민재와 상미는 옆 벤치에 앉아 있었다. 울음을 터뜨린 상미의 얼굴은 엉망이었다. 광수가 내게 담배를 내밀었다. 나는 순순히 담배를 받았다. 입 속에서 비린내가 진동했다. 침을 뱉자 핏덩어리가 한 움큼 나왔다.

"오해하지 마. 여긴 내 나와바리거든."

광수가 말했다. 동천이 라이터를 건넸다. 나는 담배를 입에 물고 라이터 불을 켰다. 담배는 쓰지도 달지도 않았다. 그저 하얀 연기만 뿌옇게 내 시야에서 맴돌았다. 민재와 상미가 나를 쳐다봤다.

"민재 저 새끼가 네 똘마니냐? 좀 똑똑한 놈 좀 데리고 다녀! 병신 같은 놈이 친구가 맞고 있는데 골목에서 구경만 하는 놈이 어딨어? 그런 놈도 친구라고. 내가 혹시나 해서 이쪽으로 다시 와봤으니 다행이지. 안 그러면 너 아까 그놈들한테 맞아 죽었어."

광수가 내 싸움판에 뛰어든 원인을 알게 되었다. 광수는 내게 어깨동무하며 동천을 쳐다보았다. 나도 동천을 쳐다보았다.

"옛날에 민재 새끼한테 들었는데, 너희 집 콩가루라며? 엄마가 둘인 집은 봤어도 꼰대가 둘인 집은 처음이다."

광수가 깔깔거리며 웃다가 동천의 굳은 얼굴을 보고 웃음을 멈추었다. 나는 뭐라 말하려다 말았다. 그의 말이 사실이니까. 나는 민재에게 눈길을 주려다 말았다. 민재가 말하면서 우리 집을 콩가루라 하진 않았을 터였다. 광수의 해석이 그러할 뿐. 광수가 어깨동무를 풀고 골목 밖에 서 있는 자기 친구들 쪽으로 걸어갔다. 동천이 광수 대신 다가왔다.

"권상택, 여동생 간수 잘해. 너도 알겠지만 요즘 세상 무서워. 법이고 뭐고 깡그리 무시하는 놈들 천지라고. 차라리 아까 그놈들은 뭐를 좀 아는 놈들이라 겁주면 다신 안 나타나겠지만 중딩이나 고딩은 안 그래."

동천이 내 어깨 위에 손을 얹었다. 민재와 상미가 주춤거리다 내 쪽으로 천천히 다가왔다.

"오빠, 미안해."

상미는 백에서 손수건을 꺼내 내게 건넸다.

"오늘 일…"

"엄마랑 아빠들한테 말 안 할 테니까. 저녁에 이렇게 싸돌아다니지 않는다고 약속해. 그리고 공부한다고 약속해."

상미는 고개를 숙인 채 말이 없었다.

"상미야, 옛날이랑 하나 달라진 거 없어. 이런 바닥에 자꾸 나오면 나쁜 놈 만나는 건 불 보듯 뻔해. 뭐 나도 나쁜 놈이긴 하지만. 인생 한 방에 좆 되는 수 있어. 오히려 옛날보다 요즘이 더 미친놈들이 많잖아."

상미는 여전히 미적거렸다. 나는 상미에게 다가가려고 일어섰다. 옆구리와 가슴이 수십 개의 바늘이 찔러대는 통증이 몰려왔다. 나도 모르게 비명이 터져 나오고 허리가 굽어졌다.

"알았어. 약속할게."

"너, 대학 가면 그땐 네 맘대로 해. 엄마랑 아빠들 가슴에 못 박지 말고."

"이 새끼 완전 꼰대네."

"맞아, 상택이 이놈은 완전 꼰대야."

민재가 거들었다.

"뭐 좋은 꼰대들도 있는 거니까."

동천이 우리 셋을 남기고 패거리 쪽으로 걸어갔다. 나는 그제야 긴장이 풀리면서 전신의 힘이 빠졌다.

"집에다 뭐라고 그럴 거야?"

"뛰다가 넘어져서 다쳤다고 해야지."

"믿겠어?"

　민재가 나를 부축해 골목에서 빠져나왔다. 동천의 패거리는 요란하게 떠들어대면서 골목 끝으로 사라졌다.

"엄마랑 아빠는 더 이상 묻지 않을 거야. 내가 솔직히 대답해주기만 기다리지."

　나는 상미를 쳐다봤다.

"너도 괜히 엄마한테 말하지 마."

"난 말 안 해."

"우리 엄마와 아빠들이 알았다간 이 골목 술집들 다 문 닫아야 할지도 몰라."

"그게 무슨 말이야?"

　민재가 물었다. 구구절절 설명할 수가 없었다.

"뭐 하러 여기 사람들을 걱정해. 미성년자 받은 가게 잘못이지."

"넌 우리 엄마 아빠들을 몰라서 하는 소리야."

　상미는 금방 수긍했다.

"그런데 우리보다 대가리는 하나 더 큰 인간들이 순식간에 다 도망가냐?"

민재는 앞뒤를 살폈다. 광수에게 두들겨 맞던 남자들을 찾는 모양이었다.

"아, 니미. 저 새끼들 우리 쳐다보고 있어."

나는 걸음을 멈추고 고개를 반쯤 돌려 뒤를 보았다. 광수에게 두들겨 맞았던 남자들이 보였다. 그들은 셋이 아니었다. 몇 명을 더 불러 모았는지 그들이 모여있는 식당 뒤쪽의 광고판이 모두 가려질 정도였다.

"나중에 보자는 분위기인데. 괜히 잘못 건드린 거 아냐?"

"대학생들이라고 그랬어. 그렇게까지 안 할 거야."

"진짜 대학생 아닌지도 몰라. 삐끼나 하면 사는 놈들일 수도 있어."

나는 통증 때문에 민재의 이야기가 귀에 들어오지 않았다.

"아주 반쯤 죽여놨어야 하는데…"

민재는 못내 아쉬운지 입맛까지 다셨다. 나는 어이없어 웃고 말았다. 우리도 동천의 패거리가 사라진 골목의 끝에서 큰 도로로 빠져나갔다.

9. 내 사랑

금요일 저녁이라 배달이 밀렸다. 가게 들어가기 바쁘게 배달을 나가야 했지만 어느 때보다 마음만은 홀가분했다. 예전엔 느껴보지 못했던 감정이었다. 내가 누군가를 위해 색다른 뭔가를 할 수 있다는 사실을 깨달았기 때문이었다.

"장충동?"

나는 포장해 놓은 통닭 포장지에 붙은 빌지를 들여다보았다. 마침 촬영이 없는 넘버 투가 닭을 튀기고 있다가 홀로 나왔다.

"장충동?"

넘버 투도 놀란 목소리로 되물었다.

"맞아요. 장충동 체육관 뒤쪽에 있는 빌라인데요."

넘버 투가 닭은 튀기고 있는 엄마에게 다가갔다.

"이거 자기가 받은 거야?"

넘버 투는 빌지를 엄마의 눈앞에 들이밀었다.

"장충동? 응 내가 받았는데."

"자기도 참, 여긴 멀다고."

"멀어? 얼마나?"

"우리 아들께선 통닭 매고 뛰어가잖아. 런닝맨이라고. 장
충동까지 가려면 빨리 뛰어도 30분은 걸릴걸?"

"그럼, 주문이 들어왔는데 안 받아?"

엄마의 말은 틀리지 않았다.

"거기까진 스쿠터로 가도 멀어."

"그, 그런가? 그럼 취소할까?"

넘버 투가 전화기를 잡았다.

"이미 나온 건?"

"주문한 다른 사람 주면 되지. 여보세요?"

넘버 투가 말했다. 그는 통닭을 주문한 사람에게 장충동
까지 가기 힘든 상황에 대해 구구절절 늘어놓았다.

"…주문해 주신 건 더없이 감사하지만, 근방에도… 네?
기다릴 테니 보내달라고요? 닭이 좀 식을 텐데요."

넘버 투가 전화를 끊었다. 그는 조용히 닭 두 마리를 내
앞으로 내밀었다.

"거긴 좀 머니까 스쿠터 타고 가. 그 동네에도 닭집 많을

텐데 왜 우리 집에서 주문한 건지 모르겠네."

"맛있으니까 그런 거 아니겠어?"

주방에서 엄마가 말했다. 넘버 투는 주방 안으로 쏙 들어가 버렸다. 배달은 나의 몫이었다. 폰에 지도 화면을 띄우고 거리를 검색해보았다. 3년 전만 해도 장충체육관까지 줄기차게 걸어 다녔던 길이었다. 그땐 그곳까지 얼마나 걸렸는지 생각해 본 적이 없었다. 그럴 필요가 없었으니까. 목적지까지는 도보로 25분 거리였다. 뛴다면 10분이면 갈 수 있을 듯했다. 횡단보도에 멈춰 신호등을 기다린다 해도 15분이면 도착할 수 있을 것 같았다.

나는 닭 두 마리를 백팩에 넣고 닭이 흔들리지 않도록 끈을 단단히 조였다. 다행히 탄산음료를 주문하지는 않았다.

"배달 간다."

"어떻게?"

"뛰어 갔다 올 거야."

넘버 투가 주방에서 불쑥 나왔다.

"멀지 않겠냐?"

"멀긴 하지. 그래도 넉넉잡고 15분이면 갈 거야."

"길 잘 알지?"

"당근이지."

'인생 뭐 있어'에서 나왔다. 동네 어른 셋이 우리 가게로 들어가는 걸 본 후 발을 뗐다.

나는 달렸다. 중학생 2학년 겨울 방학 때는 장충체육관으로 뻔질나게 농구 구경하러 다녔었다. 최근엔 다닌 적이 없어 잘 가늠되질 않았다. 어릴 때 보았던 거리와 한 살이라도 더 먹어서 본 거리의 느낌이 다르지 않던가. 그래서 지도를 살펴보았던 건데, 큰길은 변화가 없었다. 눈에 익은 건물들을 살피며 달렸다. 공원을 지나 흥인지문에 도착했다. 그다지 숨차지 않았다. 곧 동대문역이 나왔고 숨 돌리지 않고 청계천을 건넜다. 동대입구역 이정표를 보고 큰길로 달리면 역사가 나올 터였다. 나는 한눈팔지 않고 오로지 사명대사 동상 부근이라는 목적지만을 염두에 두고 달렸다. 동대문 프라자 쪽에는 학교 아이들이 몰려있었지만, 일절 눈길을 주지 않았다. 동대문역으로 걸어 내려가는 선영을 보고도 알은체하지 않았다. 가늠해보니 목적지까지 3분 남짓이면 닿을 듯했다.

'동대입구역 3번 출구로 들어가서 6번 출구로 나가면 공원으로 바로 들어갈 수 있지. 사명대사 동상 있는 곳이라고 했는데. 노인분들인가?'

멀리 역사가 보여 달리고 있는데 나는 제 자리에 멈춰서고 말았다. '함량미달'의 혜정을 본 때문이었다. 17년 내 인생에서 나를 설레게 한 또 하나의 존재. 나는 멈출 수밖에 없었다.

혜정이 불을 환하게 밝힌 주유소 안으로 뛰어 들어가고 있었다. 문득 동아리 방에서 혜정이가 발표했던 산문이 떠올랐다. 주유소에서 일하는 청춘의 이야기였는데…. 주유소 안으로 차들이 분주하게 드나들었다. 혜정이 주유하는 직원들에게 인사를 했다. 직원들도 혜정이를 잘 아는 것 같았다.

'혜정이네 집이 주유소를 했나?'

나로서는 대단한 발견이었다. 아마 학교 애들 중에 혜정이네가 주유소를 운영한다는 걸 아는 아이들은 없을 터였다. 집이 어디인지, 학원도 안 가고 야자도 하지 않으면서 어떻게 매번 수석을 놓치지 않는지 궁금했는데 알 것도 같았다. 집에서 과외를 할 거라는 짐작이 갔다. 집이 주유소를 할 정도면 나름 부자이지 않겠는가. 혜정이 사무실 안으로 들어가는 걸 보고 돌아서려는데 혜정의 모습이 좀 이상했다.

흰색과 빨간색 줄이 그려진 짧은 치마에다가 어깨를 다 드러낸 흰색 제복, 그리고 고양이를 연상시키는 머리띠까지 얹고 있었다. 나도 모르게 주유소 앞을 지나 그녀의 시선에서 멀어졌다. 혜정인 주유소 입구에 서서 손짓으로 차를 유도하고 있었다. 환하게 미소를 지으며 말이다. 내 얼굴이 빨갛게 달아올랐다. 내 눈을 의심하지 않을 수 없었다. 혜정인 그러니까 나레이터 모델? 아무튼 그런 모양의 일을 하고 있었다. 귀에 걸린 마이크로 주유소에 들어오는 차들을 향해서 오라는 인사말을 건넸다. 엉덩이만 가린 치마를 입고 45도쯤 허리를 굽혀 인사를 했다. 문과반 전체 수석인 여학생이 주유소에서 나레이터 모델을 하다니. 믿을 수 없었다. 흰 팔과 다리를 드러내고 인형처럼 미소를 짓고 있었다. 하마터면 나도 모르게 혜정이 앞으로 불쑥 튀어 나갈 뻔했다. 운전자들의 시선, 거칠게 내뱉는 반말들, 노골적인 말들. 혜정은 그래도 미소를 지었다. 내가 사랑하는 여자의 고단한 삶을 보니 마음이 울컥했다.

그제야 '함량미달'에서 발표했던 주유소 아르바이트생들에 관한 이야기가 상상만으로 나온 게 아니라는 사실을 깨달았다. 그런데 학교에서 그리 멀지 않은 곳에서 나레이터 모델 일을 하는 건 좀 의외였다. 누가 알아보면 큰일인 거 아닌가? 그게 아니라면 유니폼 입은 모습을 남들이 알아차리지 못할 거라 생각했던 것일까?

승용차 들어오는 간격이 잠시 길어졌다. 그때 혜정이 길 건너에 있는 나를 봤다. 모자를 깊이 눌러 쓰고 있었지만 세

심하게 살피면 나라는 걸 확인할 수 있을 만한 거리였다. 나는 모자를 깊이 눌러 쓰고 서둘러 자리를 떴다. 주유소에서 충분히 멀어졌다고 생각하고 뒤를 돌아보았다. 그런데 혜정인 주유소에 들어오는 승용차에 인사를 한 후 나를 쳐다보고 있었다. 나는 고개를 홱 돌리고 장충단 공원을 향해 뛰다시피 걸었다.

나는 무사히 사명대사 동상 앞에 도착했다.

"한참 뒤에나 올 줄 알았는데 빨리 왔네."

할머니 한 분이 나를 맞아주었다. 할아버지와 할머니 다섯 분이 돗자리를 깔고 앉아 술을 마시고 있었다.

"인근 통닭들은 기름이 시원찮아서 거서 시킨 거여. 총각 고생했으니께 잔돈은 심부름 값."

통닭값을 제외하고 3천 원을 더 주었다. 나는 아무리 멀어도 배달오겠다고 너스레를 떨었다.

"내 고향이 제주도인데 거기도 올 수 있는 겨?"

곱게 차려입은 할머니 한 분이 물었다.

"비행기 값만 주시면 가겠습니다."

별스러운 이야기가 아닌데도 그들은 웃어주었다.

배달을 끝내고 가게로 돌아가기 위해 다시 달리기 시작했다. 주유소 앞을 지날 때 보니 혜정인 여전히 차량을 안내하고 사람들을 쳐다보며 미소를 짓고 있었다. 나는 후닥닥 주유소 앞으로 빠르게 달려 지나갔다.

'인생 뭐 있어'에 거의 다다랐을 때 민재로부터 전화가 왔다.

"나 교보인데 어디냐? 배달하고 있냐? 언제 끝나냐?"

나는 대꾸하지 않았다.

"나 있다가 너네 집에 들러도 되지? 엄마가 너네 집 통닭 사 오라고 하시고 해서."

민재의 말은 뻥일 터였다. 요즘 들어 민재는 부쩍 상미에 대한 소식을 궁금해했다. 내가 보기에 상미는 여전히 코흘리개 여동생일 뿐이었는데 누군가의 눈에는 여자로 보이는 모양이었다.

"있다가 보자. 참, 아까 보니까 동천이 누군가한테 끌려가던데."

"누구?"

"양복입은 사람들이었어. 뭐 집안사람들 같았어. 끌려가긴 했지만, 광수도 어쩌지 못한 걸 보면 집안 식구들이었나 봐."

'가능하다면 이틀에 한 번은 사진 보내. 그 정도는 할 수 있지. 아무튼 입금했다.'

동천은 기이하게도 사실상 아무 일도 하지 않은 내게 또 아르바이트 비용이라면 입금했다. 조금씩 불편해지기 시작했다.

'자본주의 사회에서 대가 없는 돈이란 없는 법이야. 게다가 대가가 없을 거 같다고 생각되는 돈들은 대부분 검은 돈이고. 네가 아직 학생이라 그럴 일 없겠지만 혹시라도 배달료를 터무니없이 많이 더 준다거나, 남은 거스름돈이 배달료에서 너무 넘치게 준다고 하면 고민해봐야 해. 나중에 거절할 수 없는 청탁 같은 걸 하거든.'

언젠가 넘버 투가 그런 이야기를 해 준 적이 있었다. 그때 그 이야기들이 나와는 무관한 일이라 생각했는데, 이젠 나와 무관한 이야기가 아닐 수도 있겠다는 생각이 들었다.

'동천아, 나 그만해야 할 거 같아. 공부도 해야겠고. 그동안 받은 거 다 모아놨으니까. 만날 때 돌려줄게. 아님 계좌번호 좀 가르쳐 줘.'

'인생 뭐 있어'에 앉아 책을 보면서 배달 전화를 기다렸다. 그러면서 동천이 문자를 확인하고 뭔가 답 주기를 기다렸지만, 동천은 아예 확인조차 하지 않았다. 그냥 무시해도 될까? 그런데 그랬다간 지금까지 나를 얌전하게 대했던 그가 돌변할지도 몰랐다. 더군다나 한 사람 뒤를 밟아 사진이라 찍어 보내는 일이라 그리 어려운 일은 아니지 않은가, 라는 간사한 생각도 다시 머리를 들었다.

10. 오 마이 썬!

운동화 끈을 단단하게 맸다. 넘버 투가 사 온 아디다스 워킹화였다. 며칠 쇼핑몰 사이트를 뒤지고 비교하더니 내 신발을 사주려고 그랬던 것이었다. 이월상품인 데다 특가세일 등등을 합해서 겨우 만 원이 넘는 돈으로 장만했다며 쇼퍼 자질이 있다고 자랑까지 했다. 나도 만족스러웠다. 상미에게도 선물을 했다. 출연료를 제법 많이 받아서 한턱내는 거라 말했는데 요즘 텔레비전을 거의 보지 않아서 넘버 투가 어느 드라마에 출연했는지 보질 못했다. 혹시나 넘버 투의 이름인 고수영을 검색해봤지만 역시 찾을 수 없었다. 아무렴 상관없었다.

아이스 팩에 피처 생맥주 한 병, 백팩에는 통닭 두 마리를 넣었다. 주소는 아파트가 아니라 일반 주택이었다. 어렸을 땐 뻔질나게 돌아다닌 도로였음에도 주소에 의지해 집을 찾아가는 데 애를 먹었다. 차라리 옛날의 기억이나 감으로 찾아가는 게 수월할 거 같았는데, 한번 주소에 의지하자 계속 폰의 지도만 들여다보게 되었다. 나는 목적지 근방에서 전화를 걸었다.

"…3층짜리 빌라라고요? 네 종국빌라라고 보이네요."

빌라 앞에서 높지 않은 건물을 올려다보았다. 나는 곧장 빌라 계단을 밟고 올라갔다. 벨을 누르자 문이 열렸다. 왁자지껄 떠드는 소리가 들려왔다.

"만 칠천 원입니다."

"권상택!"

광수였다. 녀석은 요즘 학교에 나오지 않고 있었다. 그야말로 무단결석이었다. 요즘 동천도 간간이 결석했다. 동천은 학교는 나오지 않으면서도 이종찬의 행적을 적기도 하고 사진도 보내면 확인은 하지만 답장 같은 건 없었다.

광수가 통닭을 받아 들어갔다가 다시 나왔다. 광수는 내게 담배를 내밀었다. 나는 언제 그랬냐는 듯 익숙하게 담배를 받아 들고 불을 붙였다.

"짜식, 많이 컸다."

광수가 내 등을 두드렸다.

"미안해서 부른 거다. 벤츠 그 자식이 하도 너네 집 사정 묻길래 내가 말 다했다. 괜찮지?"

이젠 상관없는 일이 되어버렸다. 넘버 투가 학교에 다녀 간 뒤부터 두 아빠와 한 엄마를 둔 이상한 인간이 되어버렸 으니까. 급식 시간 때면 나를 이상한 눈으로 쳐다보는 아이 들도 생겼다. 말이라는 게 사람의 입에서 한번 퍼져나가면 걷잡을 수 없이 확산한다는 걸 새삼 깨달았다.

"뭘?"

나는 모른 척했다. 광수는 민재를 통해 우리 집안에 관한 이야기를 들었을 게 뻔했다. 지금은 민재를 통하지 않아도 여기저기에서 주워들을 수도 있을 터였다.

"벤츠가 나 안 찾아?"

"몰라. 동천이도 가끔 안 나와. 그런데 무슨 일 있었어?"

"그 새끼가 날 끝까지 꼬봉으로 아는 거야. 그래서 안 되 겠다 싶었지. 내가 크게 도움을 받긴 받았어도 그건 어디까 지나 친구로 도움을 받은 거잖아."

내가 보기에 광수는 그의 꼬봉은 아니었다. 그가 스스로 머리를 낮추고 그와 어울려 다녔던 것 같았다. 그리고 광수 가 나서서 곤란한 일들을 자처했었다. 나는 굳이 말하지 않 았다.

"나도 자존심이 있는데. 벤츠 그 새끼나 그 패거리들 돈 빼면 시체 아니냐. 따라다니는 애들도 다 그 새끼들 돈 보고 따라다니는 거고. 새끼가 꼭 나 만날 때면 대학생들만 데리고 나오는 이유를 모르겠어."

"원래 동천이가 정상적으로 학교 다녔으면 대학생이라며? 그러면 친구들이 다 대학생이겠지."

"아이고, 그 양아치 새끼들이 대학생이라고? 어디 골목 양아치들도 그렇게 안 하고 다니겠다."

광수는 말을 끝내고 입맛을 다셨다.

"나 가야 돼. 배달 밀렸어."

"나중에 혹시라도 벤츠 만나면 내가 고의로 피하는 거 아니라고 말 좀 해주라고 불렀다."

광수는 담배 연기를 깊이 빨아들였다가 내뱉었다.

"직접 전화해. 동천이가 성질까지 더러운 건 아니잖아."

"그게 좀…"

가로등의 불빛에, 젖는 담배 연기가 진해 보였다. 나는 두어 모금 빨다가 버리고 말았다.

"무슨 일인지 알아야 고의가 아니었다고 말해주지."

"내가 그 새끼 쫓아다니는 애들 좀 건드렸거든. 대학생이라고 얼마나 깐죽거리는지."

광수가 동천을 피하는 이유를 알았다.

"그렇다고 학교를 안 나와?"

"니미, 내가 대학 갈 놈이냐. 그리고 학교 가서 동천이랑 그놈들 만나면…. 나, 여름에 부산으로 내려간다. 그리고 내년엔 외항선 타기로 계획 다 세워놨어. 이제 학교는 끝이야. 졸업하려면 학교를 1년 반은 더 다녀야 하는데 신물이 난다. 학교 와서 맨날 자는 것도 지겹고."

"고딩이 선원도 될 수 있어?"

"고딩도 고딩 나름이지. 나도 벤츠랑 동갑이야 인마. 내년에 스물한 살이라는 얘기야, 즉 한참 네 형님뻘이라는 말이다. 어쩌다 이렇게 돼서 너랑 말도 통하는 거야, 인마."

스물한 살? 한두 해 유급당했다면 가능한 나이였다.

"그리고 한 가지 더. 이제 좆같은 심부름도 좆이라고 전해줘."

광수는 담배를 한 개비 더 물었다. 그러나 동천은 어느 모로 보나 고등학생답지 않았다.

"그럼, 앞으로 못 보는 거야?"

"아마, 그렇게 될 거야. 며칠 일해서 돈 모이면 바로 부산으로 뜰 거니까."

부럽기도 하면서 왠지 불안해 보이는 이유는 무엇 때문이었을까. 하지만 그의 얼굴은 평온해 보였다.

"부모님은 알아?"

광수는 피식 웃었다.

"앞으로 못 만나게 될 거니까 말해주는데 나 할아버지랑 할머니 밑에서 자랐어. 내 부모 어디서 사는지 아니면 뒤졌는지 난 몰라. 할머니가 말도 안 해주고."

"그럼 두 분은?"

"그 노인네들이 날 얼마나 부려 먹은 줄 알아? 노예가 따로 없어, 노예가. 아무튼 벤츠한테 꼭 전해줘. 유종의 미를 거둬야 하는데 여자애가 달라붙는 바람에 어쩔 수 없었다고 말이야."

"넌 빨리 결정해서 좋겠다."

"뭔 개소리야."

"난 뭐 할지 아직 모르겠거든."

"민재가 그러는데 만화대학교 갈 거라며? 그래서 만화학원 다니는 돈 버는 중이라고."

"아무 것도 할 게 없으니까 그거라고 하려는 거지."

"야, 내가 꼴통이어도 말이야. 동천이 그놈들이 존쌤이라는 사람 이야기를 하더라. 다른 건 모르겠고. 우린 뭐든 빨리 결정하는 게 좋대. 그래서 실패도 빠르고. 우리가 잃어버리는 거 시간밖에 없다는 거야. 난 돈 벌기로 결정했으니까 빨리 시작하고, 나중에 실패해도 다른 일도 할 수 있으니, 뭐 맞는 거 같아."

광수를 알고 지낸 뒤 처음으로 그가 부러웠다.

"부럽긴…"

광수가 히죽 웃는데 얼굴까지 빨개졌다.

"야, 닭 잘 먹을게. 부산 가면 이 닭 생각날 거다. 잘 지내라. 나중에 인연 있으면 또 보겠지."

광수가 손을 내밀었다. 나도 얼결에 손을 잡았다. 광수의 손은 컸다. 내 손도 만만치 않지만, 그의 손도 대적할 만했다. 광수가 큰 손을 가지고 있었다는 사실을 난 오늘 처음 알았다.

"야이 새끼야, 아파!"

내가 너무 힘주어 잡았던 모양이었다.

"너 그거 알아? 벤츠 패거리 앞에서 부들부들 안 떨었던 놈은 네가 유일했다는 거. 비밀이지만 사실 나도 그놈들 앞에선 처음에 벌벌 떨었거든. 나 간다."

광수가 통닭값을 건넸다. 나는 마다했다. 내가 주는 이별의 선물이라고 말했다. 광수는 주저하지 않고 알았다고 말하고 지하로 내려갔다. 그의 뒷모습을 보면서 괜한 소리를 했다는 생각이 들었다. 그 돈을 보충하려면 열일곱 번을 더 배달해야만 했다. 그래도 치킨 정도는 선물할 수 있었다.

나는 천천히 버스 정류장 쪽 길로 달렸다. 거리상으로는 좀 멀었지만 반듯한 길을 달리고 싶었다. 나는 넓은 인도를 달렸다. 밤 10시가 넘은 시각이었지만 거리는 언제나 사람들로 붐볐다. 나는 무심코 버스 정류장을 지나가다가 멈춰 섰다. 정류장 구석 의자에 맥이 풀린 채 앉아있던 남자를 본 때문이었다. 나는 뒤돌아서서 정류장 쪽으로 걸어갔다.

넘버 원이었다. 넘버 원은 정류장 박스 천장의 파란 형광등 아래 구겨진 신문처럼 앉아 있었다. 셔츠의 단추는 네 개나 풀려 흰 러닝셔츠가 보였다. 머리카락이 헝클어진 채 눈을 감고 있었다. 구두는 뒤축을 밟아 신었던 터라 발에 겨우 걸려 있었고 바지는 군데군데 이물질이 묻어 있었다. 처음엔 그냥 가버릴까 하고도 생각했다. 근방의 남자들이 넘버 원을 두고 수군거리는 폼이 이상했다. 데리고 가야 할 것만 같았다.

나는 백팩을 한 차례 추스른 후 넘버 원에게 갔다. 술 냄새가 진동했다.

"아빠!"

잘 안 쓰는 호칭이었지만 그를 깨우려면 어쩔 수 없었다. 몇 차례 부르고 어깨를 흔들어봤지만, 그는 깨어나지 않았다. 넘버 원은 술에 취하면 늘 활명수를 숙취 해소용으로 먹는다는 사실이 기억났다. 다행히 정류장 뒤쪽에 약국이 있었다. 나는 활명수를 두 병 샀다.

정류장으로 돌아와 보니 넘버 원은 이제 벤치를 차지하고 길게 드러누워 버렸다. 버스를 기다리는 사람들의 시선이 곱지 않았다. 넘버 원을 일으켜 앉힌 후 활명수를 억지로 입에 털어 넣었다. 반은 흘리고 반은 마시는 식이었다. 넘버 원이 이토록 취한 일을 보기는 처음이었다. 잠시 후 나는 다시 넘버 원을 흔들어 깨웠다. 그제야 넘버 원이 희미하게 정신을 차렸다.

"오, 마이 썬!"

넘버 원은 비틀거리며 일어나려고 애를 썼다. 나는 정류장에 있는 사람들 눈치를 보며 넘버 원을 부축했다.

"왜 이렇게 술을 많이 드셨어요."

나는 넘버 원의 팔을 들어서 내 어깨 위에 간신히 올렸다. 넘버 원은 비틀거리면서도 균형을 잘 유지했다.

"아들, 이대론 집에 못 들어간다. 술 좀 깨게 어디 좀 가자."

정신은 살아 있는 듯했다. 이래저래 오늘은 배달비 벌기는 그른 듯했다. 넘버 원을 데리고 아파트 공원으로 향할 때 엄마로부터 전화가 왔다. 나는 공원 벤치에 넘버 원을 앉혀 놓은 후 엄마에게 전화를 걸었다.

"…아니. 술 깨면 들어가신다니까 내가 모시고 갈게. 배달은 그 후에나 받아."

넘버 원은 벤치에 스르르 드러누웠다. 지금까지 살면서 한 번도 그런 일이 없었다며 엄마는 걱정했다. 나 역시 살면서 넘버 원의 이런 모습 보기는 처음이었다. 넘버 원을 벤치에 두고 나는 철봉에 매달렸다. 턱걸이를 스무 개쯤 하니까 힘이 빠졌다. 공원에 산책 나온 사람들이 넘버 원을 피해 지나갔다. 나는 옆 벤치에 앉아 넘버 원이 깨어나기를 기다렸다. 달리 방법이 없었다. 휴대폰에 받아놓았던 노래를 듣고 문자를 살폈다. 민재와 선영이 남긴 메시지가 대부분이었다. 그중에 상미가 보낸 메시지가 있었다. 배달하는 동안에 온 메시지인 모양이었다.

'엄마 아빠들한테 말 안 했지? 나도 이런 나를 모르겠어. 그냥 야자 잘하고 학교 잘 다니면 되는데, 그런 게 왠지 죽은 것처럼 느껴지는 거야. 우리 처지가 다른 애들과 달라서 그런 걸까? 아무튼 노력은 할게, 하지만 장담할 순 없어. 그러니까 엄마랑 넘버 원, 투한테는 영원히 비밀이야. 전에 예쁘다고 했던 기영이 있지? 걔 소개해줄 수도 있어.'

나는 필요 없다고 문자를 보냈다. 그리고 남자를 조심해야 한다고 덧붙였다. 그러자 자신도 남자에 대해선 알 만큼

안다며 문자가 왔다. 나는 그냥 웃고 말았다. 민재로부터 새로 온 메시지도 있었다.

'놀라운 발견, 종각역에서 벤츠 봤음, 미국인이랑 같이 걸어감, 둘이 막힘없이 대화함. 벤츠가 영어를 굉장히 잘함.'

그건 놀랄만한 소식이면서, 의외의 소식이기도 했다. 하긴 말썽이나 부리는 놈이라고 영어 못해야 한다는 법은 없었다. 게다가 동천은 돈 많은 집안의 자식 아닌가. 어려서부터 회화 공부를 했다면 불가능한 일도 아니었다. 한동안 호주에서 살지 않았는가. 전설적인 망나니로 알려져 있었다지만 회화만큼은 잘했을 터. 나 같은 놈은 꿈도 못 꿀 일이다.

'다음 주 토요일에 강촌에 가자. 설마 네 생일을 잊은 건 아니지? 내 생일날엔 이런저런 일이 있어서 그냥 넘어간 거 봐줄게. 대신 이번 토요일에 강촌에 같이 가는 거다.'

선영의 메시지였다. 내 생일이 언제지? 생일이 언제든, 그쯤은 해줄 수도 있을 것 같았다. 민재와 함께 간다면 더 좋겠다. 여학생 한 명 더 올 수 있다면 좋겠다는 의사를 문자로 보냈다. 선영은 곧장 알겠다고 문자를 보내왔다.

그 사이 넘버 원은 똑바로 일어나 앉아 있었다. 그리곤 두리번거렸다. 나를 발견하곤 내게 미소를 지었다. 나는 남은 활명수 하나를 넘버 원에게 건넸다.

"역시 우리 아들밖에 없어."

넘버 원은 단숨에 활명수를 들이켰다.

"내가 얼마나 여기 누워 있었던 거야?"

"한 시간쯤."

"엄마한텐 말 안 했지?"

나는 거짓말을 못 했다. 그래서 사실대로 말했다. 배달해야 하는데 뭐라고 둘러댈 변명이 없었다. 그리고 굳이 변명할 이유도 없었다고 말했다.

"네 엄마가 난리가 났겠구나."

넘버 원은 주머니를 뒤져 담배를 꺼냈다.

"담배 안 피잖아요."

"그냥 그렇게 됐다."

넘버 원은 익숙하게 담배를 피웠다. 그런 걸 보니 전에 피다가 끊었던 모양이었다. 난 넘버 원의 세계에 대해서 잘 알지 못하지만 관여하고 싶지도 않았다. 그런데 오늘은 궁금했다. 어찌 되었든 우리 집안에 가장 큰 어른이니까. 자신이 하는 일에 대해 쉴 새 없이 떠벌이는 넘버 투와 달리 넘버 원은 집 밖의 일에 대해서는 일절 말하지 않았다.

"놀랐지? 그렇게 됐다. 가자."

무슨 말을 더 하려다 말고 넘버 원은 벤치에서 일어났다. 나는 벤치 위에 벗어놓았던 백팩을 멨다.

"너도 이제 몇 년 후면, 나처럼 술이 떡이 되게 마시는 날도 생긴다는 걸 이해하게 될 거다."

"더 나이를 안 먹어도 설명만 잘하면 알 수 있어."

넘버 원이 걸음을 멈추었다. 나도 멈추었다.

"우리 아들이 많이 컸군. 내가 그걸 몰랐네. 옛날에도 그랬지만 지금도 사는 게 내 뜻대로 되지 않아서 좀 마신 거란다. 그 정도만 말해줘도 이해가 되겠니?"

"아무렴요. 나도 내 뜻대로 안 되는 일 때문에 괴로울 때가 많거든."

넘버 원이 내 머리를 쓰다듬었다. 그런 일도 처음이었다. 오늘에서야 깨달은 게 있다면 넘버 원은 나보다 키가 작다는 사실이었다. 오늘에서야 넘버 원은 나보단 키도 덩치도 더 클 것이라고만 생각했던 착각에서 빠져나왔다.

11. 운명적인 가족회의

모처럼 가족이 다 모였다. 역시 '인생 뭐 있어'에서였다. 진수성찬이 차려졌다. 달라진 게 있다면 오늘은 가게 문도 닫았고 내 앞에도 맥주잔이 놓여 있다는 점이었다.

"먹자!"

넘버 원이 먼저 입을 열었다.

"오늘 누구 생일이야? 아니면 또 결혼기념일이야?"

상미가 말했지만 아무도 웃지 않았다. 어렴풋이 짐작이 갔다. 나는 상미의 옆구리를 슬며시 찔렀다.

"왜 그래? 무슨 일인지는 알고 먹어야지."

넘버 투가 술병을 들었다. 넘버 원에게 한 잔, 엄마에게 한 잔, 설마 했는데 내게도 한 잔 술을 따라주었다.

"실은 넘버 원이 며칠 전에 해고당하셨지."

"해고?"

상미가 되물었다.

"애들한테 그런 말을 뭐 하러 해?"

넘버 원이 넘버 투를 나무랐다.

"애들이라뇨? 상택이란 상미 이제 다 컸습니다. 선배도 참 언제까지 상택이랑 상미를 애들 취급할 겁니까? 그리고 상택 앞에 술잔은 선배가 가져다 놓은 겁니다."

나는 며칠 전 정류장에서 보았던 넘버 원을 떠올렸다. 그날 해고를 당했던 모양이다. 억병으로 취해서 몸을 제대로 가누지 못했던 넘버 원의 모습이 지금도 생생했다.

"어차피 닥쳐올 일이었지만 이렇게 빨리 올 줄은 몰랐지."

넘버 원이 힘없이 말했다.

"그럼, 이 자리는 넘버 원 퇴직 기념인 거야?"

상미는 대수롭지 않게 받아들였다. 내가 눈짓을 주었지만, 상미는 아랑곳하지 않았다.

"이제 넘버 원 얼굴 자주 볼 수 있겠네. 마른 연탄 냄새도 안 날 거고…."

상미의 투정 섞인 말에 넘버 원은 허허거리며 웃고 말았다.

맥주는 전과 달랐다. 몸을 가누지 못했던 첫 번째 경험과 달리, 지금 기분은 즐겁고 신선했다. 넘버 원과 넘버 투가 주는 대로 받아 마셨더니 몸이 다른 사람의 몸처럼 느껴지긴 했지만, 점점 기분이 좋아졌다.

어느 순간부터 가족들이 나누는 이야기가 큰 울림이 되어 머릿속으로 들어와 박혔다.

"…정말 가만히 있을 겁니까?"

넘버 투의 목소리가 선명하게 들렸다. 상미는 엄마의 술잔을 가져다 날름 한 모금 마셨다. 엄마가 손으로 상미의 손등을 때리는 모습이 슬로우 모션처럼 보였다.

"내가 어떻게 할 수 있는 게 아니라니까. 자동화 들어간다는 말은 예전부터 나왔던 말이야. 어쩔 수 없었다는 말이야."

"그렇다고 이대로 당하고만 말 겁니까? 옛날의 선배는 도대체 어디로 갔습니까?"

"그럼, 나 보고 회사 앞에 가서 시위라도 하라는 말이야? 그런 건 다 옛날이야기야. 변화를 준비하지 못한 내 잘못이지, 회사 잘못이 아니란 말이지."

"선배, 정말 몰라서 그러는 겁니까? 선배 쫓겨나는 거잖아요."

넘버 투가 말했다. 나는 넘버 원과 넘버 투 그리고 엄마의 눈치만 살폈다. 넘버 투는 제 기분을 이기지 못하고 맥주잔을 들고 벌컥벌컥 들이켰다.

"아냐, 우리가, 아니 내가 잘못 산 거야. 세상이 바뀌고 있다는 걸 몰랐던 거야."

"세상이 바뀌었다고 해서 돈 있는 놈들이 돈 없는 놈들 함부로 내쳐도 되는 세상이 되었다는 건 아닙니다."

나는 맥주잔을 홀짝거렸다. 상미도 눈치껏 엄마 잔에 있던 맥주를 조금씩 마셨다. 엄마는 알면서 모른 척했다.

"나중에 기회를 준대. 해외 사업 벌일 때 우리처럼 퇴직한 사람들을 데려다 쓰겠다는 거야."

"그 말을 믿어요? 계약서라도 쓰고 나온 겁니까?"

넘버 투는 계속해서 씩씩거렸다. 엄마가 넘버 투를 진정시켰다.

"이제 돌이킬 수 없어."

"난, 선배가 이렇게 허약한 사람인 줄 몰랐어요."

넘버 원이 맥주잔을 테이블 위에 소리 나게 내려놓으며 넘버 투를 노려보았다.

"그래, 애초부터 난 허약한 인간이었어. 그러니까 이 문제에 대해선 더 이상 말 꺼내지 마."

나는 넘버 원의 말을 들으며 그 순간 깨달았다. 넘버 원이 늙었다는 사실을 말이다. 넘버 투도 그리고 엄마도 그런 감정을 느꼈던 것일까.

"내가 이렇게 됐으니까 너라도 정신 똑바로 차려! 언제까지 엑스트라라 하면서 우리 가족을 책임질 거야. 뜬구름 그만 잡아."

"형님, 지금 그 이야기를 왜 합니까?"

나는 슬그머니 자리에서 일어났다. 맥주라는 게 많이 마시니까 오줌이 마려웠다.

화장실에서 오줌을 누고 자리로 돌아와 보니 상미가 흥분해서 말하고 있었다.

"…그러니까 왜 숨기냔 말이에요. 오빠나 나나 이제 다 컸다고요."

넘버 원과 넘버 투 그리고 엄마의 얼굴에 핏기가 없었다. 상미의 얼굴은 술에 취한 사람처럼 빨갛게 달아올라 있었다. 맥주를 많이 마신다 싶더니 오줌 누는 그사이에 무슨 사달이 벌어진 게 분명했다.

"상미야, 때가 되면 알려준다고 그랬잖아."

엄마가 상미를 달래듯 말했다.

"어차피 다 알고 있는 일인데 언제 알려주느냐가 뭐가 중요해요. 난 사실 진작부터 궁금했다고요."

나는 맥주잔 바닥에 남은 맥주를 마저 비웠다. 처음엔 시원하고 톡 쏘는 맛이 났지만, 시간이 지난 맥주는 시큼털털

하기만 할 뿐이었다. 역시 맥주는 시원하게 마셔야 한다고 생각하고 있을 때 엄마가 내게 물었다.

"아들, 너도 궁금해?"

"뭐가?"

"네 진짜 엄마와 아빠!"

나는 들고 일던 닭 날개를 조용히 내려놓았다.

"오빠도 궁금하지? 안 그래?"

"난 그러니까…"

사실 난 궁금하지 않았다. 알아야 할 필요도 없었고 알아서 득 될 것도 없겠다고 생각하며 살았다. 또한 느닷없이 친부모라는 작자들이 나타나, 나를 아들입네 하고 반기면 어떻게 처신해야 할지도 몰랐다. 궁금하긴 했지만 난 항상 내게 가장 가까이 있는 사람을 내 가족이라고 믿었다.

"역시 대선배 아들이라 그런지 생각이 깊어."

곁에 앉아 있던 넘버 투가 내 어깨를 마구 두드렸다. 대선배? 대선배는 또 누구지?

"알았어. 생각해 볼게. 하지만 난 네가 스무 살이 될 때까진 그냥 사는 게 좋다고 생각했어."

"스무 살이 되면 뭐가 달라져?"

상미는 여전히 꼿꼿했다. 전엔 몰랐는데 제법 히스테릭한

구석이 있었다.

"네 진짜 아빠의 유언이기도 했어. 스무 살이 되면 알려주라고."

엄마의 말에 상미도 입을 다물고 말았다. 나는 엄마의 이야기를 들으며 정신이 몽롱해지기 시작했다. 하, 나도 드디어 진짜 술에 취하고 있는 모양이었다.

"그리고 한 가지 더 알아두어야 할 게 있어. 우리 가게 비워줘야 할지도 몰라. 늦어도 내년 봄엔 재개발 들어간대."

"아니, 선배 그런 말 없었잖아."

넘버 투가 자리에서 벌떡 일어났다.

"이제 말하잖아."

"여기 들어올 때부터 재개발 얘기 있었잖아. 놀랄 거 없어."

"그래도 이건 너무하잖아. 우리가 여기다 돈 바른 게 얼만데. 나가면 우리 권리금은 어떻게 되는 거야?"

"보상금 좀 나오겠지. 그리고 아직은 말이니까 더 늦춰질 수도 있어. 하지만 요즘 시청에서 좀 지저분하다고 생각하는 곳은 앞뒤 보지도 않고 밀어붙이는 거 보면 멀지 않은 것 같기도 해."

"보상금은 쥐꼬리만큼 나오겠지. 그러니까 너 앞으로 정신 똑바로 차려. 이제 배우 짓 그만 때려치우란 말이야."

넘버 원도 술에 취한 모양이었다. 혀 꼬부라진 소리로 넘버 투를 몰아세웠다.

"선배 해고당하자마자 이게 무슨 날벼락인지…"

넘버 투는 넘버 원에게 항변하지 않고 혼잣말처럼 투덜거렸다.

"다들 알고 있어야 한다고 생각해서 말하는 거야. 상택이랑 상미도 알았지?"

조금 전까지 기세등등하던 상미는 풀이 죽어 어깨를 축 늘어트렸다. 별다른 감정의 변화를 느끼지 못하는 건 나뿐인 듯했다. 술이란 역시 좋은 음식이다. 운명적인 가족회의 자리였지만, 왜 그런지 난 맥주를 처음 마셨던 그날처럼 자꾸 웃음이 나왔다.

"오빠, 웃지 마, 지금 웃을 기분이야?"

"내가 웃었어?"

나는 테이블 위에 그대로 머리를 처박았다.

12. 똘마니

넘버 원이 해고당하고, 가게를 옮겨야 한다는 사실이 우울한 일이긴 했지만 사실 내게 커다란 영향을 미치진 못했다. 저녁이면 여전히 '인생 뭐 있어'의 통닭집에는 손님들이 들끓었고 나는 특별한 일이 없는 한 저녁 내내 통닭을 배달했다. 나는 어김없이 닭 한 마리에 천 원씩 배달비를 챙겼다. 그리고 이종찬을 뒤쫓는 일에 흥미를 잃기 시작했다. 어쩐 일인지 적선하듯이 동천이 보내오던 아르바이트 비용 3만 원도 더 오지 않았다. 그동안 받은 돈은 어차피 돌려줄 계산이니 그가 보내오든 보내오지 않든 상관없었다. 게다가 지금은 약속한 날짜가 얼마인지도 기억나지 않았다. 은행 앱을 띄우고 거래내역을 확인해 보았다. 동천이 3만 원씩 넣은 게 30번이었다. 30번? 나는 다시 한 차례 더 동천이 입금한 내역을 확인해봤다. 30번이 확실했다. 가물가물했던 기억도 떠올랐다. 한 달만 이종찬이라는 사람의 뒤를 밟아달라는 말. 특이한 거 없는 시인의 뒤를 밟아 그에게 무슨 득이 되는지, 아니면 그 남자에 관한 내용이 동천에게 어떤 의미인지 헤아려본 적도 없었다. 나는 동천에게 톡을 보냈다.

'아무래도 이건 아닌 거 같아. 받은 돈 돌려줄 테니까. 내일 학교에 좀 나와 봐. 1년 반 남았는데 고등학교 졸업은 해야 하는 거 아냐?'

동천은 확인하지 않았다. 언젠가는 확인하겠지. 나는 주문을 받고 엄마가 주방에서 내준 통닭을 포장하고 가게 밖으로 나가 달렸다. 넘버 투는 오늘도 저녁 촬영이 있다며 나갔다. 넘버 원은 요즘 도서관을 나갔다. 아침 일찍 나가서 저녁 늦게 들어왔다. 어쩌다 가게에 손님이 많거나 부득이하게 내가 배달을 할 수 없을 때는 넘버 원이 가게에 출근했다.

막 통닭 두 마리를 배달하고 가게로 들어섰는데 동천에게서 톡이 왔다. 오랜만이었다.

'돌려주겠다는 게 무슨 말이야?'

'잠깐 미행한 건데 그걸로 내가 부당하게 돈을 받았다는 생각이 들어서.'

'나중에 연락할게.'

'학교는?'

'곧 방학인데 뭐 하러 가냐.'

동천의 말을 듣고서야 다음 주가 방학이라는 걸 알았다. 이 여름방학이 지나면 나도 공부 좀 해야 하는 거 아닐까. 민재와 잠깐 만화학원에 다니겠다고 계획을 세웠지만, 가능할지 의문이었다. 사람의 팔과 다리를 그리는데 선 하나씩만 그릴 줄 아는 내가 만화라니. 이러다 영영 통닭이나 배달하며 살게 될지도 모르겠다는 생각이 들었다. 엄마 아빠들은 내게 공부하란 소리 같은 건 하지 않았다.

'뭔가 정말로 좋아하는 걸 해. 좋아하는 게 생기면 언제든 말하고. 그런 게 생기면 목숨을 걸고 지원해줄게.'

넘버 투가 그런 말을 했고 넘버 원과 엄마도 고개를 끄덕거렸다. 학원에 보내준다거나 공부를 하라는 말은 하지 않았다.

'뭘 하고 싶다는 생각 같은 거 없어. 사실 뭘 해야 할지도 모르겠고.'

나는 엄마에게 그렇게 말했다.

'곧 생길 거야.'

'곧이 언제야? 나 내년이면 고3이라고.'

외항선원으로 배를 타겠다고 결정한 광수가 문득 떠올랐다. 앞으로 민재와 선영이를 자주 볼 수 없을지도 몰랐다. 딱히 다른 계획이 없으니 일단 만화학원에 가보는 게 나을까? 만화 하나만 잘 그려도 인기스타가 되는 세상이지 않은가.

나는 통닭을 배달하고 달리는 내내 그런 생각을 했다. 내 적성이 뭔지, 장차 뭘 해 먹고 살지, 이 시절에 이렇게 아무런 준비 없이 고등학생 시절을 보내버려도 되는 건지, 만화학원에 가면 뭔가 보이게 될지….

'상택아, 아빠 좀 찾아와. 전화기가 꺼져있네. 도서관에 있을 거야. 네 아빠 도서관에 들어가면 전화기 꺼 놓잖아. 멀티미디어실 1층 안쪽에 있을 거야. 그냥 휘둘러보고만 오지 말고.'

엄마가 문자를 보내왔다. 누군가 아빠를 만나러 왔다가 저녁 늦게 다시 온다고 말하고 갔다는 말도 전해주었다. 회사 사람인 것 같다는 말과 같이.

나는 도서관으로 넘버 원을 찾으러 갔다. 휴대폰으로 전화를 걸었지만, 엄마의 말 그대로 전화기가 꺼져 있었다. 도서관 열람실을 뒤지고 문헌정보실도 뒤지고 멀티미디어실이며 휴게실도 찾아봤지만, 넘버 원은 보이지 않았다. 나와 길이 어긋날 수도 있겠다는 생각이 들었다. 집에 전화를 걸었다.

"넘버 원? 아니, 안 들어왔는데."

상미는 넘버 원의 부재를 확인해 주었다. 도대체 어딜 가신 거야?

도서관을 빠져나와 도로변에 있는 포장마차를 지나갈 때 넘버 원의 목소리가 들렸다. 나는 슬쩍 포장마차 안을 들여다보았다. 거기에 넘버 원이 비슷한 또래의 남자와 함께 있었다. 나는 천막 안으로 들어가려다 말고 나왔다.

"김 차장, 언제까지 이렇게 살 순 없잖아."

넘버 원의 성이 '김'이였어? 넘버 원과 내가 성이 다른 게 당연하지만, 왠지 낯설었다. 당연히 권 씨라고 생각했던 때문이었다. 그 낯섦 때문에 나는 얼른 발길을 떼지 못했다.

"요즘 나도 고민이야. 나 이제 3년 있으면 정년이야. 나가서 뭘 할지 고민이라고. 앞으로 20년은 더 살아야 하는데, 자네도 알다시피 준비해 놓은 게 없잖아. 아파트라고 한 채 있는데 그것도 절반은 빚이야. 퇴직금 받아서 그거 빚 갚고 나면 한 푼도 남지 않을 거야. 나뿐만 아니라 다들 막막하게 생각해. 그러니까 김 차장이 고집 좀 꺾어."

"부장님, 제가 정리해고를 인정하고 받아들였을 땐 우리 노조원들 그대로 자리 인정해 주겠다는 조건이었습니다. 아시잖습니까? 그런데 저보고 그들을 설득하라고요? 전 못합니다."

"언제까지 그렇게 꽁하게 살 거야? 그러니까 우리가 벌이는 해외 사업 쪽에 먼저 선발대로 나갈 수 있게 해준다잖아. 우리도 정부에서 적정 인원을 정리해고하라 해서 골치 아프단 말이야."

"해고할 직원들이면 다른 직원들도 많은데 하필이면 왜 노조원들입니까?"

나는 넘버 원이 해고를 당한 데에 특별한 비밀 같은 게 숨어 있겠다는 생각이 들었다. 천막 가까이 다가갔다.

"그건 아니잖아. 비노조원들도 같은 비율로 나가기로 했어."

"차장님, 누굴 바보로 아십니까? 그 친구들은 계열사로 가거나 협력업체에 자리를 만들어 줬잖습니까? 그런데 우린 아무런 대책도 마련해주지 않고 일방적으로 나가라고만 하셨잖아요. 그래서 노조원들 더 이상 정리하지 않는 조건에서 제가 나가기로 했던 거 아닙니까?"

"참, 답답하구먼. 지금 그게 중요한 게 아니잖아. 정년 얼마 안 남은 친구들이 나가주면 이번 해외 사업 선발대로 그 친구들 먼저 쓰겠다고 하잖아. 잘 생각해, 만약에 회사에서 일방적으로 정리가 시작되면 나도 어쩔 수가 없어. 그래서 내가 자넬 미리 찾아온 거잖아. 해외 선발대로 나가면 앞으로 10년은 더 일할 수 있다고. 제수씨도 생각해야지. 아까 가게 들렀을 때 봤더니 얼굴에 수심이 가득하더라."

넘버 원은 대답이 없었다. 한동안 소주를 홀짝이는 소리만 들렸다.

"부장님, 그거 약속해 줄 수 있습니까?"

"자네 나갈 때도 약속했잖아. 내가 회사를 그만두는 한이 있더라도 약속 지킬게. 해외 나가면 아무리 적어도 5년은 더 정년이 연장되는 거야. 그리고 한국에서 받는 수입보다 많고. 좋잖아."

"결국 계약직 아닙니까?"

"그럼, 정년 후에 다시 정규직을 원한다는 거야? 그건 좀 너무하는 거 아냐?"

"두 가지 보장해 주세요. 내가 설득하게 될 친구들을 해외 선발대로 최우선 뽑을 것, 수당은 정규직 직원 수당으로 준해서 줄 것, 그리고 최소 3년 근무."

넘버 원과 말을 나누던 남자는 잠시 침묵했다.

"좋아, 약속하지. 단 서류상으로 만들어 줄 수 없어. 자네가 날 믿어주는 수밖에."

나라도 못 믿겠다. 천막을 들추고 불쑥 안으로 들어가 부장이라는 사람 얼굴에 대고 그런 말을 해주고 싶었다.

"말처럼 공허한 약속이 어디 있겠습니까?"

오히려 지켜보던 내가 긴장되었다. 한번 물러서면 결국에 계속 물러서게 될 것이다. 우리 세계는 한번 누군가에게 끌려다니기 시작하면 졸업하기 전까지는 해방되지 못한다는 걸, 넘버 원에게 말해주고 싶었다. 이런 건 고딩도 다 아는 진실이었다. 하지만 난 천막을 들추고 들어가지 못했다. 넘버 원이 해결할 수 없다면 나도 해결할 수 없었다. 더군다나 난 그냥 고등학생이었다.

"대신 내가 하는 말 녹음하게. 휴대폰에 녹음 되잖아."

나는 그 말이 그다지 신뢰가 가지 않았다. 그나마 희미한 믿음 같은 게 보였다. 나는 포장마차에서 멀어졌다.

가게로 돌아왔을 때 배달해야 할 통닭이 산더미처럼 쌓여 있었다. 신나야 하는데 그럴 수가 없었다.

"아빠는?"

엄마가 기름 채반을 든 채 물었다.

"요 앞에 포장마차에서 회사 아저씨하고 있던데."

"그 새 만난 모양이네. 같은 방향 잘 체크해서 들고 나가. 이럴 때 수영이라도 있으면 얼마나 좋아."

엄마는 넘버 투 이름을 읊어대며 투덜거렸다. 나는 한꺼번에 통닭 세 마리를 넣고 횡단보도를 건너 달빛 극장 쪽으로 달려갔다. 금요일 저녁답게 술집 골목에는 젊은 사람들로 가득했다. 간혹 음식점에서 우리 집의 통닭을 주문하는 경우들이 있었다. 우리는 통닭을 배달하면 몇천 원을 더 붙여서 팔아먹었다. 두 마리를 주점에 건네주고, 한 마리는 모텔 카운터에 건네주었다.

빈 백팩을 메고 술집 거리를 지나가는데 어떤 손 하나가 불쑥 튀어나와 내 팔을 잡았다. 동천이었다.

"배달 갔다 오냐?"

동천에게선 술 냄새가 났다. 아직 고등학생인데 이래도 되는 건가 싶었다. 법적 나이로는 술을 마실 수 있는 나이이긴 하지만.

"여기서 보네."

나는 그를 만난 김에 돈을 돌려주겠다고 말했다.

"그럴 필요 없어. 정 마음에 걸리면 며칠만 더 살펴봐 줘."

동천은 내 팔을 잡고 막무가내로 끌고 갔다.

"야, 나 배달 더 남았어."

"내가 준 알바비가 부족한 모양이네."

그 돈은 돌려줄 것이었다. 그런데 그가 끌어당기는 게 싫지 않아 적극적으로 그의 손을 뿌리치지 못했다. 그가 경험하고 알고 있는 세계가 궁금하기도 했다. 무엇보다 이종찬이라는 사람을 왜 내게 미행 아닌 미행하라 시킨 것인지 속시원하게 듣고 싶었다. 나는 엄마에게 갑자기 친구를 만나서 배달을 못 가겠다고 문자를 보냈다. 이런 일이 이전에는 한 번도 없었던 터라 엄마는 알아서 처리하겠다고 답을 보내왔다. 상미에게 가게를 지키게 하고 엄마가 배달을 다녀올 터였다.

동천이 나를 데리고 간 곳은 포장마차도 아니고 그렇다고 클럽도 아니고 바도 아니었다. 언젠가 해외 드라마에서 본적이 있는 풍경과 비슷한 술집이었다. 홀의 한가운데 포켓볼 당구대가 놓여 있었고 양편으로 문이 없는 룸이 펼쳐져 있었다. 그 중 가장 안쪽에 있는 방으로 나를 데리고 갔다.

동천을 포함해 네 명의 남자와 두 명의 여자가 술을 마시고 있었다. 생맥주와 감자튀김, 먹태 따위가 테이블 위에 널브러져 있었고 동천의 친구들은 삼삼오오 짝지어 뭔가에 대해 열렬히 이야기하고 있었다.

동천이 나를 거창하게 소개했다. 미래의 만화가라고. 그런데 동천과 어울려 술을 마시고 있는 그들은 예전의 공원에서 만난 친구들과는 좀 달랐다. 머리 스타일이 좀 튀고 옷차림 또한 평범하진 않았지만, 날라리처럼 보이진 않았다.

"내 진짜 친구들이야."

그들은 자신의 이름을 말하며 일일이 나와 악수했다. 친구들이 나와 악수할 때마다 동천이 소개를 했다. 대학에서 연극을 공부하거나 영화를 공부하고 사진을 전공하는 친구도 있었고 실용음악을 하는 친구도 있었다. 학교 근방의 공원에서 동천을 쫓아다니는 아이들과는 좀 달랐다. 광수와 노란 머리를 포함해서 공원에서 만났던 친구들은 거칠고 매사 본능적이었다면, 이들은 예의가 바르고 점잖아 보였다. 그리고 이 술집에 있는 동천의 친구들은 무언가 더 가까워질 수 없는 분명한 선 같은 걸 가지고 있는 것 같았다.

"학교 애들은 건달들이고, 여기 있는 친구들은 정말 자기가 좋아하는 일만 하는 놈들…"

동천의 소개 때문에 나는 조금씩 주눅 들기 시작했다. 그래도 그런 모습 보이기 싫었다. 동천이 주는 맥주를 받았다. 그리곤 단숨에 500cc 한 잔을 비웠다. 술이라는 게 처음 마시기가 힘들지 마시기 시작하니 마실만한 음료였다.

"상택이 특기가 또 하나 있지. 야, 삼손, 얘랑 팔씨름 한번 해볼래?"

삼손? 별명인 모양이었다. 실용음악을 한다는 남자였다. 머리를 길게 길렀고 어깨가 다부졌다. 팔뚝도 다른 남자들과 비교할 수 없을 만큼 굵었다. 난 맥주나 마시고 팔씨름이나 하려고 술집에 들어온 건 아니지만, 그냥 이질적인 이 사람들이 싫지 않았다. 뭔가 나와는 다른 세상에 사는 사람들이 부러웠을까. 시종 미소 짓는 그들의 여유에 괜히 속이 상했다.

"그냥 하면 재미없지. 내가 이기면?"

남자가 물었다. 동천이 망설였다. 나는 그만두라고 말하고 싶었다. 덩치로 보면 내가 질 게 뻔했다.

"그럼, 카메라 주지."

동천이 가방들을 올려놓은 곳을 가리켰다. 카메라 가방이 눈에 띄었다. 내가 들고 다니는 책가방만 한 크기였다. 캐논 50D. 한 눈에도 싸구려 카메라가 아니라는 게 느껴졌다. 나는 동천의 손을 잡았지만, 그는 내 의사 따위엔 아랑곳하지 않았다.

"네가 지면?"

"내 어쿠스틱 기타! 여기 있는 사람들이 증인."

동천이 나를 빤히 바라보았다. 내 얼굴에서 핏기가 사라지는 걸 느낄 수 있었다. 동천이 내 귀에 대고 속삭였다.

"팔씨름 해, 그리고 그냥 이겨."

동천은 그냥 이겨달라고 말했다. 나는 넘버 원과 말을 나누던 남자의 얼굴을 떠올렸다. 기름기가 번들거리던 그 남자의 입에서 나온 약속과 미래의 말. 나는 그 남자의 말에서 믿음을 느낄 수 없었다. 차라리 지금 동천이처럼 어떤 조건도 내걸지 않고 이겨달라고 말했다면, 미래를 약속할 수 없지만 도와달라고 말했다면 넘버 원이 만났던 그 남자에게 믿음이 생겼을지도 모르겠다는 생각이 들었다. 나는 팔목까지 내려와 있던 셔츠를 걷었다.

"호, 자신 있다 이거네. 만약에 내가 지면 너를 위해 노래 10곡 만들어서 헌정한다."

그 말이 좀 멋있게 들렸지만 반대로 비현실적으로도 들렸다. 다른 사람을 위해 곡을 만들어서 헌정한다니! 조금 허풍이 느껴지긴 했지만 내가 모르던 세계라 그런지 멋있어 보이긴 했다.

사람들이 환호성을 질렀다. 분위기가 점점 흥미롭게 흘러갔다. 나도 덩달아 흥분이 됐다. 무엇보다 동천의 친구들이 자신들과 비슷한 또래로 나를 인정해 준 듯해 기분이 좋았다.

"잡아!"

나는 남자의 손을 잡았다. 강한 힘을 느낄 수 있었다. 손을 좋은 위치에 두기 위한 신경전이 벌어졌다. 금방 자리가 잡혔다. 갑작스러운 이벤트에 동천의 친구들은 환호성을 질렀다. 내겐 익숙한 것들인데 이들에겐 익숙하지 않은 일들이었던 듯했다.

넘버 원도 넘버 투도 나와의 팔씨름에서 이긴 일이 없었다. 학교에서도 그랬다. 희한한 일이지만 난 손목뼈가 굵었고 손가락의 힘이 대단했다. 부실한 사과 한 알은 손안에 넣고 그대로 부수어버렸다. 넘버 원이나 투 그리고 엄마의 손은 희고 얇고 부드러웠다. 하지만 내 손은 투박하고 굵고 두꺼웠다. 넘버 원과 투가 우리 집으로 들어왔을 때 나는 손의 생김새만으로도 그들이 내 친부모가 아니라는 걸 알았다.

승부는 싱겁게 끝났다. 동천의 친구는 물 근육이었고 내 손의 근육은 돌 근육이었다. 동천의 친구가 당황해 몇 차례 더 청을 했다. 나는 그때마다 손을 잡아주었다. 왼손의 힘이 더 좋다며 왼손으로 바꿔 팔씨름하기도 했다. 하지만 결과는 마찬가지였다.

"인정!"

동천의 친구가 손을 들었다.

"기타는 언제 줄 거야?"

"내일 당장 주지."

팔씨름한 남자와 바짝 붙어 앉아 있던 여대생이 나를 빤히 바라보았다.

"너 쫌 멋있는데. 이름이 뭐야?"

나는 동천을 쳐다보았다. 동천은 어깨를 으쓱거려 보였다.

"권상택!"

"난 숙영이야. 전화번호 뭐야?"

숙영은 가방을 들고 일어나며 내게 물었다. 남자와 여자들이 환호성을 질렀다. 나는 얼결에 전화번호를 말했다.

"우리 가끔 만나자."

"숙영아, 너무 빠른 거 아냐. 완전 돌직구라니까."

"알바 있어서 가니까, 너희들 얘 넘보지 마."

숙영은 좌우에 앉아 있는 여자들에게 말했다. 나는 동천이와 그의 친구, 그리고 숙영이를 번갈아봤다. 숙영이는 한차례 웃어 보인 후 룸을 빠져나갔다. 그녀가 나간 뒤 다시 그들은 소란스럽게 술을 마시기 시작했다.

"내가 괜히 이긴 거 아냐?"

"잘했어. 저 새긴 콧대가 좀 높았거든."

동천은 대수롭지 않게 말했다.

"내가 지면 어떡하려고 그랬어?"

"카메라 주면 되지. 이 판도 끝났네. 가자."

동천이 카메라 가방을 들고 일어났다.

나는 싱겁게 자리가 마무리되는 게 아쉬웠다. 뭔가 색다르고 신명 난 일이 일어날 거라는 기대를 했던 나 자신이 우스웠다. 거리는 요란했다. 동천은 가방에서 카메라를 꺼내 들고 골목 구석구석을 찍어댔다.

"한 가지 더 해줘야 할 일은 뭐야?"

사진 찍기에 여념이 없는 동천에게 물었다.

"뭐?"

동천이 사진 찍기에 몰입해 있다는 게 신기했다. 그리 나쁜 놈은 아니라는 생각이 들었다. 동천은 나를 끌어안았다. 그리곤 카메라를 멀리 들고 우리 사진을 찍었다.

"좀 웃어 봐, 인마."

나는 억지로 웃었다.

"한 가지 더 해줄 일이 뭐냐고?"

동천은 짧게 말했다.

"반성문."

"반성문? 나 보고 너한테 반성문 쓰라는 거야?"

"미친놈, 그게 아니라 셋째 삼촌에게 쓰는 거야."

지난번에 그를 두들겨 패던 사람은 그의 둘째 삼촌이라고 설명해주었다.

"그 인간들이 화가 단단히 난 모양이야. 그나마 셋째 삼촌이 제정신인데 반성문 하나 쓰는 걸로 마무리 짓자고 해서. 그러니까 진심 어린 반성문을 써야 해. 이번 주 금요일까지."

"내가 널 모르잖아. 그리고 난 아직 고딩인데 네 나이 세계도 모르고. 아까 그 친구들 잘 쓰게 생겼던데."

"그 새끼들 글 쓰는 건 젬병이야."

"나도 잘 못 써."

동천이 웃었다.

"광수한테 다 들었지. 우리 학교에서 너만큼 이상하고 절절하게 글 쓸 줄 아는 놈 없다고 말이야."

"다 개똥철학이야."

"그래도 써줘! 반성문 제대로 못 쓰면 엄마가 힘들어지거든."

나는 그의 입에서 나온 엄마라는 단어 때문에 더 이상 손을 내저을 수 없었다.

"반성문을 쓰는 건 좋아. 하지만 만약 네 삼촌이 인정을 안 해주시면 어떻게 되는 거야?"

"그러니까 이놈이 제대로 반성하고 있구나, 하고 느낄 수 있도록 써야지."

우리는 어느새 지하철 역사 앞까지 다다랐다. 동천은 바닥에 엎드려 구걸하고 있는 남자를 사진에 담았다.

"광수 자식이 부산에서 전화했어. 너한테 무슨 말인가 남겼다고 하던데."

나는 잊고 있었던 광수의 말을 전했다. 동천은 대수롭지 않게 받아들였다. 동천을 만나면서 나는 점점 더 그가 모든 일에 대해 시니컬하게 반응한다는 사실을 알았다. 그래서 이해할 수 없는 잡다한 일에 더 몰입하는지도 몰랐다.

"잘 있단다. 내년에 외항선을 탄다는데, 난 그 새끼만큼도 철이 안 든 거 같다. 금요일까지야. 내가 써 봤는데 영 아니야. 써놓고 보니까 저쪽 인간들이 더 화가 나겠더라. 대필 회사에 소개받아서도 써봤는데 이건 완전히 교과서야. 진짜가 필요해서. 어쩌면 나를 가장 잘 알지도 모를 사람이 필요해."

그는 내가 자신을 가장 잘 안다고 말했다. 아리송했다. 말뜻 속에 숨은 말이 있는 것도 같은데 뭐라고 물어봐야 제대로 묻는 말이 되는지 알 수가 없어 그 말에는 질문을 할 수 없었다.

"내용은?"

"메일로 보내 놨다."

동천이 지하철 역사 안으로 뛰어 내려갔다. 나는 동천이

사라진 계단을 내려다보다 뒤돌아섰다. 멀리 횡단보도에 초
록 불이 켜진 걸 보고 달려갔다.

13. 반성문

동천이 보내온 메일을 통해 나는 그의 가족사를 알게 되었다. 그동안 감추었던 자신을 완전히 드러내는 일인데도 내게 그런 메일을 보내온 걸 보면 그가 위기를 느끼고 있었던 모양이었다.

팔순을 앞두고 죽은 아버지, 늘 동천과 그의 엄마를 경계하는 아버지의 동생들과 그의 자식들, 동천을 내쫓지 못해 안달이 난 그의 둘째 작은아버지, 나름 이성적인 셋째 아버지, 소 닭 보듯 하는 친척들, 갤러리를 운영하는 그의 엄마, 따뜻한 미소 한번 보여주지 않았던 늙은 아버지에 대한 기억…

동천의 속내를 알 수가 없었다. 단문으로 보내온 그의 메모만 본다면 그는 텔레비전의 막장 드라마에나 나올 법한 주인공이었다.

　이런 상황에서 동천이 사고를 쳤다. 사고라기보다 방어였다. 아버지의 막내아들이 동천의 엄마 갤러리에 술 취한 채 찾아가 창녀 같은 년이라고 고래고래 소리를 지르며 행패를 부렸다. 동천의 엄마는 행패 부리는 그를 말리지 못했다. 안내데스크에 앉아있던 여직원을 끌어안고 새끼 창녀냐고 주절댔고, 관람객들이 있는 중인데도 데스크 여자와 엄마에게 스트립쇼를 해보라며 강짜를 부리는 와중에, 마침 동천이 갤러리에 들렀고 그를 보았던 것이다. 덩달아 같이 온 막내아들의 친구들도 갤러리에 들어와 담배를 피우고 관람객들에게 음담을 쏟아냈다고 적혀 있었다. 동천이 결정적으로 참을 수 없었던 이유는 자신의 엄마에게 창녀라고 욕을 했기 때문이라고 말했다.

　나는 동천이 보내온 메일 내용을 보자 자신이 없었다. 내가 경험해보지 못한 인간들이었고 행동이었다. 상상으로도 그런 인간들이 존재한다고 생각해본 적이 없었다. 영화나 소설에서 만들어낸 그런 허구적인 인물들처럼 여겨졌다. 동천에게 전화를 걸었다.

　"연애편지 대신 써준다고 생각해. 중요한 건 내가 그 자식을 미워하지 않는다는 것, 그리고 가족의 일원으로써 잘

못되는 걸 보고만 있을 수 없었다는 뉘앙스가 풍겨야 해. 분명 내가 잘못한 건 아니지만 내게도 잘못이 있다는 점도 드러내야 해. 노골적으로 드러내면 안 되겠지만 말이야. 메일에다가 쓰진 않았지만, 그 일로 예전에 봤던 그 둘째 삼촌이 나랑 엄마를 몰아세우고 있어. 물론 참지 못한 내 잘못이긴 해. 그러니까 잘 좀 써줘. 이건…"

동천은 뜸을 들였다.

"이건 부탁이야."

나는 더 이상 거부하지 못했다. 그리고 그가 어디 한 곳에 마음 붙이지 못하고 떠도는 것처럼 느껴진 이유를 조금은 알 것도 같았다. 하지만 그의 가족사를 이해한다고 해도 도무지 어떤 식으로 반성문을 써야 할지 감을 잡을 수 없었다. 그래서 인터넷 검색창에 반성문이라는 글자를 넣고 두드렸다.

그러자 수십 개의 글이 올라왔다. 반성문 샘플에서부터 반성문 잘 쓰는 법, 반성문을 써달라는 청원의 글, 반성문 써달라는 유저를 비판하는 글, 각종 반성문, 회사에 내는 반성문, 법원에 내는 반성문, 선생님에게 내는 반성문, 반성문에 얽힌 각양각색의 사연들… 다섯 시간가량 꼼꼼하게 읽었지만, 동천이 원하는 반성문을 쓰기 위해 샘플로 삼을 만한 내용은 없었다. 대신 반성과 반성문에 대해 사람들이 다양하게 생각하고 다양한 일들이 벌어지고 있다는 걸 알게 되었다. 한 가지 공통된 주의 사항이 있었다. 자신을 변호하는 듯한 어조의 말투와 자기방어나 변명은 절대로 쓰지 말라는 부분이었다. 반성문을 대신 써달라는 글이 가장 많았고 그 글엔 어김없이 댓글이 달렸다. 그 댓글의 대부분이 반성문을 쓰는 의미가 없다며 욕을 하는 게 대부분이었다.

어느 사이트를 뒤져봐도 동천과 유사한 사례는 없었다. 하긴 동천이 반성문을 쓸 일이 아니니 그런 경우가 있을 리 없었다. 어느 고등학교나 심지어 같은 반에도 동천의 엄마를 찾아가 행패를 부리는 그런 인간 망나니는 한둘 존재했다. 흔한 일이지만 동천의 경우는 달랐다. 명확하게 알 순 없지만 그들 사이엔 막대한 재산이 거대한 벽처럼 놓여 있었다. 동천에게 전화를 걸었다.

"정말 진심으로 반성문을 쓸게. 대신 조건이 있어. 학교에 나와."

뭐든 쉽게 결정하는 동천이 이번엔 대답이 없었다.

"그건 좀 자신할 수는 없는데. 그럼 없던 일로 하자."

툭, 간단하게 통화가 끝났다. 순간 나는 내가 주제넘었다는 생각이 들었다. 내가 동천이하고 얼마나 친한 줄도 잘 모르는데 말이다. 서둘러 전화를 걸었다. 하지만 동천은 전화를 받지 않았다. 톡을 보냈다.

'그냥 적어볼게. 내가 잘 쓸 수 있을지는 모르겠지만.'

말 한마디로 역전이 되고 말았다. 톡을 확인했지만, 답장은 없었다.

'내가 멘토도 아니고, 선생도 아니면서 왜 그딴 소리가 입에서 나왔을까. 미쳤지, 미쳤어. 아, 짜증나. 이게 뭐야.'

나는 동천에게 톡을 보낸 뒤 백색의 모니터 앞에 앉았다. 결국엔 쓰게 될 걸 괜히 심술을 부렸다는 생각이 들었다. 나는 모니터를 노려보며 집중했다. 동천의 입장을 헤아려 보고 동천의 과거를 상상해보고 마지막에는 동천이 되어 분노를 느끼고 눈물을 흘렸다. 눈물을 훔치고 키보드를 두드렸다. 누가, 언제, 어디서, 어떻게, 무엇을, 왜 잘못했는지는 단 한 마디도 적지 않았다. 동천의 지금까지 인생에 대해 적었다. 그건 동천이 원하던 일이 아니었음도 적었다. 잘못이 있다면 이 세상에 태어난 점이라고 말했다. 그래도 운명처럼 받아들이고 살아보려고 했고, 가끔은 그런 운명이 억울해 일탈도 했지만 언제나 제자리로 돌아왔다고. 그러나 다른 건 다 참을 수 있어도 운명처럼 아빠를 만난 엄마를 욕보이는 건 참을 수 없다고 적었다. 이 일로 누구에게도 사과할 마음이 없으며 설령 그래서 가족의 권리를 모두 잃는다고 하더라도 받아들이겠다, 폭력으로 맞선 건 잘못되었지만 그리 짧지 않은 인생인데도 폭력을 쓰지 않으면 해결할 수 없는 일들이 있다는 게 슬프다고 적었다.

그러니까 동천이 가족에게 폭행을 행사한 일에 대해선 잘못했다는 내용이 없었다. 반성문이라기보다 현재까지 동천의 심정이 그러하리라 추측했다. 나는 동천의 셋째 아버지가 그런 심정의 기록을 바란다고 생각했다.

새벽 2시 동천에게 메일을 보냈다. 메일을 보냈다는 톡도 같이 보냈다. 답장이 없었다. 나는 답장을 기다리지 않고 이불 위로 굻아떨어졌다. 아침 일어나 보니 동천에게서 답장이 와 있었다.

'학교에서 보자.'

간단했다.

14. 강촌 남녀

　창가에 앉은 민재는 열차가 청평을 지날 때까지도 입을 열지 않았다. 선영은 민재를 속 좁은 좀팽이라고 놀렸지만, 그는 대꾸하지 않았다. 자기 파트너가 없다는 이유였다. 하지만 그건 선영의 잘못은 아니었다. 나오기로 했던 친구가 오늘 아침 약속을 어겼기 때문이었다.

　"현지조달 책임질게."

　민재는 선영의 제안에 금방 마음이 풀어져 헤헤거렸다.

　열차는 강변을 끼고 달렸다. 열차를 타보는 건 오랜만이었다. 아주 어렸을 때 무척 긴 거리를 열차로 이동했던 기억이 남아 있었다. 하지만 어디에서 어디를 간 건지, 누구랑 있었는지에 대한 기억은 남아 있지 않았다. 아주 어렸을 때라는 정도만 기억이 났다.

열차 뒤로 넘어가는 강변은 기이하게도 그동안 잊고 살았던 기억들이 하나둘 떠오르게 했다. 혜정이와 둘이 운동장 트랙을 달리다 땀에 흠뻑 젖은 혜정이를 보고 야릇한 생각이 들었던 일, 두 명의 아빠들 사이에서 잠자는 엄마의 행복해하던 얼굴, 통닭을 배달해 먹던 사람들, 문학 선생님의 뒷모습, 동천에게 끌려들어 갔던 술집에서 본 숙영, 상미의 점퍼 주머니에서 돈을 훔쳐 만화방에 갔던 일… 사소해서 잊히고 말았을 일들이 열차의 리듬을 타고 표면으로 부유했다.

내려야 할 곳에 거의 다다랐는데 민재는 열차 내 물품 판매원에게서 오징어며 삶은 달걀, 콘칩, 사이다 등을 사서 선영이와 내게 주었다. 신기해서 승무원에게 물어보니 관광객들의 추억 찾기 일환 중 하나로 물품 판매원이 춘천 쪽 노선에는 남아 있다는 말을 들었다.

"조금 있으면 우리 내려."

"가방에 넣어놓고 두고두고 먹으면 되지."

민재는 마냥 즐거운 얼굴이었다. 선영이는 가끔 내 어깨에 자기 어깨를 밀착하거나 자연스럽게 내 팔을 잡으며 깔깔거렸다. 싫지 않았다. 오늘따라 선영인 어느 때보다 예뻐 보였다.

　열차가 강촌역에 도착했다. 강촌역에서 내리는 손님들은 많았다. 날은 화창했다. 하늘에는 구름 한 점 없었다. 몇 달 동안 내게 일어났던 일들이 거짓말처럼 느껴질 정도로 기분이 좋았다. 민재는 역사를 나서자마자 여학생들을 눈여겨봤다.

　"약속대로 선영이 네가 내 파트너 만들어주는 거다."

　"완전 쩨쩨하게 구네."

　"약속했잖아."

　"알았어."

　선영은 대수롭지 않게 대답했다. 아무래도 남자가 접근해서 여자에게 말 걸기보다는 여자가 접근해 말 걸기가 더 수월할 터였다. 우리는 강변 쪽으로 걸어갔다. 온갖 음식점과 민박집, 그리고 잡다한 놀이시설들이 있었다. 우리는 가장 먼저 농구공 던지는 게임 부스에서 농구공을 던졌다. 선영은 사진을 찍고 나와 민재가 공을 던졌다. 기분 좋게도 농구공은 골망에 쏙쏙 들어갔다. 마지막 한 개를 놓치는 바람에 손바닥만 한 크기의 원숭이 인형을 상품으로 받았다. 나는 그걸 선영에게 선물했다. 태어나서 인형을 선물하기는 처음이었다. 선영은 원숭이 인형을 끌어안고 볼을 비볐다. 그 모습을 보고 있자 내 낯이 뜨거웠다. 나는 얼른 축구 게임 부스로 자리를 옮겼다. 선영이 따라왔다. 민재는 뭐든 열심히 했다. 그 덕에 나도 덩달아 즐겼다.

우리는 강변이 내려다보이는 레스토랑에서 돈가스를 먹고 강변으로 나가 돌을 던졌다. 그리고 짝을 지어 사진을 찍었다. 선영이 민재와 사진을 찍을 땐 그냥 뻣뻣하게 서 있었지만 나와 사진을 찍을 땐 내 팔을 끌어안거나 어깨에 머리를 기댔다. 선영이 처음 내게 팔짱을 끼었을 때 나는 깜짝 놀랐다. 선영의 살이 내 어깨에 느껴졌기 때문이었다. 머리를 어깨에 기댔을 때 느낀 숨결에도 나는 놀랐다. 여자는 남자와는 전혀 다른 리듬의 숨을 쉰다는 사실을 그때 처음 알았다. 선영에게선 항상 좋은 냄새가 났다.

언젠가 동네 슈퍼에서 껌을 훔친 일이 있었다. 그게 아마 초등학교 2학년 때였을 것이다. 슈퍼집 주인에게 들켰고 나는 돈을 냈다고 거짓말을 했다. 어떻게 알았는지 엄마가 나를 슈퍼로 데려왔고 슈퍼 주인 앞에서 나와 함께 사과했다. 나는 그것으로 도둑질한 사건이 끝났다고 생각했다. 그리고 그날, 나는 처음이자 마지막으로 엄마에게 회초리를 맞았다. 종아리에 피멍이 들어 한 달 동안 지워지지 않을 정도로 매섭게 회초리를 맞았다. 회초리를 던진 엄마가 나를 끌어 안고 울었다. 그 어린 나이에도 난 막연하게 뭔가를 깨달았 다. 엄마가 자식을 때린 사실이 가슴 아파 우는 게 아니라는 걸 말이다. 그것보다는 더 원초적이고 뭔가 다른 이유로 엄 마가 운다는 사실을 깨달았다. 그날을 내가 오랫동안 기억 하는 이유는 엄마에게 안겨있을 때 맡았던 냄새 때문이었 다. 그게 아마 엄마의 냄새이면서 여자의 냄새였을 것이다. 나는 뜻밖에도 선영에게서 그런 냄새를 맡았다. 여자에게 서 나는 좋은 냄새는 잊었던 아득한 기억을 떠올리게 만들 어주는 힘이 있는 듯했다. 그래서 즐거웠고 혜정이나, 동천, 광수, 넘버 원과 넘버 투 그리고 동천의 친구들 사이에서 봤 던 숙영이라는 연상의 여자도 기억났다.

우리는 민재의 파트너가 될 여자를 찾기 위해 길지 않은 거리를 돌아다녔다. 그런데 대부분 떼를 지어 몰려다녔다. 쉽게 접근할만한 여학생은 나타나지 않았다. 게다가 여고생 들보다는 여대생처럼 보이는 여자들이 더 많았다.

"쟤 어때?"

민재가 포장마차 앞에 서서 떡볶이를 먹고 있는 여자 둘 을 가리켰다. 짧은 핫팬츠에 시원스러운 셔츠 차림의 여학생들이었다. 둘 다 명품 가방을 어깨에 메고 있었다. 첫 느낌은 나쁘지 않았다.

"오른쪽에 분홍색 반바지 입은 얘"

"날라리 같아."

선영이 시큰둥하게 말했다.

"난 날라리가 더 좋아. 난 화끈한 여자가 더 좋거든."

민재가 선영을 재촉했다. 민재의 얼굴이 어느새 빨갛게 달아올랐다. 약속은 약속이니까. 선영이 여학생에게 다가갔다. 선영이 말을 걸자마자 여학생 둘이 동시에 민재와 나를 쳐다봤다. 미소를 짓는 모습을 보니 파트너가 되어 주겠다는 것처럼 보였다. 선영이 혼자 왔다.

"왜 혼자 와?"

"떡볶이 다 먹고 온대. 생각할 시간을 줘야 할 거 아냐. 그리고 쟤네는 둘이잖아. 그럼 남은 하나는 어떡해? 다른 남자를 하나 더 구해?"

선영의 말투가 냉랭했다.

"그래서 그냥 우리랑 같이 놀자고 그랬어."

그 사이 여학생들이 우리에게 다가왔다. 예뻤다. 하지만 두 여학생에게선 성인 여자의 향기가 났다. 손을 내밀고 악수를 청하는데 나는 선뜻 다가갈 수 없었다. 잠깐 우리와는 무언가 좀 다른 아이들이라는 기분이 들었다. 그래도 민재는 흥분이 되는지 호들갑을 떨었다.

우리는 자전거를 빌렸다. 모든 비용을 민재가 댔다. 자전거 도로를 따라 달리는 기분은 상쾌했다. 선영의 얼굴에도 다시 웃음꽃이 피었다. 같이 어울려 사진도 찍고 짝을 지어 찍기도 했다. 그런데 민재가 지목했던 여학생이 유독 내게 살갑게 굴었다. 나는 민재와 선영의 눈치를 보느라 애를 먹었다. 그래서 생각지도 않게 선영에게 더 가깝게 다가가게 되었다. 선영은 그게 좋은 모양이었다. 반면 민재는 자신이 지목했던 여학생에게 자꾸 들이댔다. 그러면 그 여학생은 눈치를 보며 민재를 슬쩍슬쩍 피했다. 솜씨가 노련하다는 생각이 들었다.

해가 서산 봉우리를 타고 넘어갈 무렵 우리는 자전거를 반납했다. 예매해 놓은 열차 시각이 다가오고 있었다. 민재는 뭔가를 망설였다. 민재는 저만치 떨어져 있던 여학생들에게 달려가 무슨 말인가를 나눈 후 우리에게 달려왔다.

"여기 야경이 죽인대. 우리 저녁 먹고 들어가자. 내가 다 쏠게. 9시 기차 타고 돌아가도 우리 안 늦잖아. 상택아, 선영아…"

"나 너무 늦으면 안 되는데…"

선영이 볼멘소리로 말했지만, 강한 의지가 보이진 않았

다. 민재가 나를 쳐다봤다. 모처럼 신난 민재의 기를 꺾고
싶지 않았다.

　우리는 학사주점 같은 분위기가 나는 음식점으로 들어갔
다. 민재는 자리에 앉자마자 메뉴판을 여학생들에게 펼쳐
보였다. 나는 주위를 둘러봤다. 막걸리나 소주를 먹는 분위
기였다. 맥주를 마시는 사람들도 더러 있었다. 밥집보단 술
집이었다.

　"우리도 막걸리 먹을까?"

　"촌스럽기는. 맥주나 마시자."

　"맥주는 배불러."

　"막걸리도 배부르긴 마찬가지잖아."

　"그럼, 뭐 소주 먹지 뭐."

　우리끼리 어울려 술집에 들어온 일은 물론, 술을 시켜 먹
겠다고 한 일은 여태까지 한 번도 없었다. 넘버 원과 투가
한두 번 맥주를 따라 줘 마신 일이 있고, 동천이 덕에 본의
아니게 마신 일이 전부였다. 민재는 여학생들의 제안에 동
의했다. 그리고 내게 눈으로 동의를 구했다. 선영은 싫은 내
색을 했지만 난 그럴 수 없었다. 우리는 침묵으로 동의했다.
민재는 신이 나서 종업원을 불렀다. 우리의 행색을 보면 고
등학생이라는 게 티 날 텐데 종업원은 묵인했다. 어느 정도

의 일탈은 눈감아주겠다는 태도였다.

소주와 닭도리탕을 주문했다. 소주가 어묵 국물과 함께 먼저 나왔다. 민재는 소주병 뚜껑을 딴 후 여학생들 잔에 따랐다. 어설펐다. 내 잔과 선영의 잔에도 채웠다. 민재는 전에도 여러 차례 술을 마셔본 녀석처럼 호기로운 목소리로 건배를 외쳤다. 여학생들이 깔깔거리며 잔을 부딪쳤고 나와 선영이도 잔을 들었다. 여학생들은 단숨에 잔을 비웠다. 민재도 자기 잔의 술을 말끔히 비웠다. 선영은 입만 조금 댄후 내려놓았다. 나는 반만 마셨다. 내 인생에서 최초로 마시는 소주였다. 소주는 화학 약품 냄새가 나면서 썼다.

여학생들은 소주를 잘 마셨다. 술을 잘 마신다고 해서 날라리라고 말할 순 없지만, 선영의 말대로 우리가 만난 여학생들은 날라리인 듯했다. 다리를 꼬고 앉아 맨다리를 건들거리는 폼이나 술잔을 잡는 자세도 예사롭지 않았다. 어느 순간부터 여학생들은 다른 자리에 앉아 있는 청년티가 나는 남자들에게 눈길을 주었다. 나도 여학생들의 눈길을 따라갔다. 나나 민재가 감당할 수 있는 남자들이 아니었다. 얼른 자리를 마무리해야 한다는 생각이 들었다.

여학생들은 안주가 나오기도 전에 소주 한 병을 다 비웠다. 안주와 소주 한 병이 더 나온 후부터 여학생들은 둘이서

만 이야기했다. 민재는 목을 빼고 여학생의 얘기를 들었고 선영인 앞 접시에 놓인 닭고기만 께적거렸다. 나는 민재를 화장실로 데려갔다.

"왜?"

"그만 가자. 우리가 상대할 애들이 아냐."

"그런 게 어딨어? 넌 충분히 재미 봤잖아."

"무슨 재미?"

"선영이랑."

민재는 거울을 들여다보며 머리 스타일을 매만졌다.

"우리가 상대할 애들이 아닌 거 같다니까."

"야, 선입견 품지 마. 저런 애들이 사실은 더 착할 수 있으니까."

민재를 말로는 설득할 수 없었다. 우리가 자리로 돌아왔을 때 선영은 자리에서 벌떡 일어났다. 여학생들은 그런 선영을 쳐다보지도 않았다. 놀랄 일은 아니지만 여학생들은 담배를 피우고 있었다.

"여기 담배 피워도 돼?"

그 질문에 여학생이 벽에 붙은 안내문을 가리켰다. '흡연이 가능한 술집' 민재는 의자에 앉기 전에 주춤거렸다.

"우리 나가자."

선영은 대답도 듣지 않고 휭하니 술집에서 나갔다. 민재는 선영과 여학생들을 번갈아 봤지만, 여학생들은 민재의 눈길엔 아랑곳하지 않았다.

"빨리 나와."

나도 어쩌지 못하고 의자에서 일어났다. 나도 더 이상 같이 있고 싶지 않았다. 민재가 내 팔을 잡았다. 나는 민재의 손을 떼어냈다.

가게 밖으로 나왔다. 선영이 벤치에 앉아 주황빛 노을에 젖고 있는 산과 강을 바라보고 있었다.

"민재는 어떻게 저런 애들이랑 놀 수가 있니?"

"술 마시고 담배 피운다고 해서 다 나쁜 애들은 아니잖아."

"내가 처음부터 날라리라고 그랬지?"

나는 대꾸하지 않았다.

"빨리 나오라고 해. 5분 안에 안 나오면 우리 간다고 해."

나는 휴대폰을 열고 민재에게 전화를 걸었다.

"너무하는 거 아냐, 너랑 선영이랑 나가니까 재미없다며 다른 자리로 가버리잖아. 얼른 다시 들어와. 나 비참해."

나는 벌떡 일어나 다시 술집으로 들어갔다. 테이블 앞에는 민재 혼자 앉아 있었다. 우리랑 어울렸던 여학생들은 맞은편 남자들의 테이블 앞에 앉아 시시덕거리고 있었다. 민재는 혼자 여러 차례 술을 마셨는지 새빨갛게 달아오른 얼굴이었다.

"가자!"

나는 민재를 일으켜 세웠다. 민재는 나를 뿌리친 후 여학생들이 옮긴 자리로 걸어갔다. 불안했다.

"너희들 그러는 거 아냐! 이놈한테 붙었다가 저놈한테 붙었다가…. 너희들이 창녀냐?"

민재는 거침없이 말했다. 민재의 손을 잡아끌었지만 막무가내였다. 남자들이 의자에서 일어났다. 여학생들은 재미난 구경이라도 난 듯 미소 지었다. 뭔가 중얼거리며 앞으로 나가려는 민재를 막아선 뒤, 남자들에게 사과하며 친구가 술에 취해서 그런 거니 형님들이 용서해주라고 말했다. 민재는 나를 밀쳐내려고 발버둥 쳤고, 나는 민재를 끌어내느라 애를 먹었다. 도저히 안 되겠다 싶어서 민재의 팔을 비튼 채 끌고 나왔다.

가게 앞에 서 있던 선영이 우리를 본 후 기차역 쪽으로 걸어갔다. 민재는 술집으로 다시 들어가려고 기를 썼다. 나는 민재의 뺨을 후려쳤다. 민재가 비틀거리며 쓰러졌다. 그렇게 쓰러진 민재는 엉엉 울기 시작했다. 그런 민재를 일으켜 세우고, 선영의 뒤를 따라 걸어갔다. 새삼 술과 여자는 무서운 존재라는 생각이 들었다. 좀 비겁하긴 했지만, 착했던 민재를 이렇게 만들다니. 죽을지도 모른 채 민재를 겁 없는 망나니로 만든 건 술과 여자였다. 선영이 묵묵히 우리를 기다렸다.

　기차를 타고 서울로 돌아갈 때 민재는 곯아떨어졌다. 청량리역에 도착해선 무슨 일이 있었냐는 듯 헤헤거렸다. 미워할 수 없는 친구였다.

15. 새로운 세상

방학이 시작되기 전 민재는 뜸하게 나를 찾아왔다. 거의 매일 찾아왔던 것에 비하면 놀랄 일이었다. 전화하면 공부 중이라거나 학원에 있다는 문자가 왔다. 고등학생으로서는 최고의 변화겠지만, 그 변화의 원인이 강촌 여행에서 비롯되었다는 점에 대해서는 의심이 갔다. 어쨌든 공부할 놈은 공부하는 게 맞았다. 동천은 오늘 이종찬을 봤냐는 뜬금없는 톡만 보내왔다.

선영이는 교보문고에서 자주 만났다. 같이 햄버거도 먹고 인사동이나 관철동, 덕수궁 같은 곳을 걸어 다녔다. 선영이와는 편하게 대화할 수 있었다. 난 내가 꽉 막히고 답답한 공간을 싫어한다는 사실을 깨달았다. 어두침침하고 술 지린내 등으로 꽉 찬 그런 곳이 싫었다. 그런 나를 상미는 별

종이라고 불렀다. 게임하는 것보다 차라리 영화 보는 게 좋았다. 나는 남들 공부하는 시간에 넘버 원과 넘버 투가 대학 시절 읽었다는 책을 보고 비디오방에서 옛날 영화들 빌려다 보며 소일했다. 하루에 한 편은 꼭 영화를 봤다. 학교 책은 아예 들여다보지 않았다. 하지만 꼭 한 가지, 해야 할 일은 있었다.

내게 주어진 방학 과제는 단 하나. 문학반의 작문 과제였다. 문학 선생님은 개학과 동시에 산문을 내지 않으면 나를 문학반에서 제명한다는 통보를 했다. 그래서 날마다 컴퓨터 앞에 앉아 한두 줄의 글을 썼다. 하지만 매번 마음에 들지 않아 지우기를 반복했다. 도대체 어떤 이야기를 써야 그게 제대로 된 산문인지에 대해, 나 자신의 정의가 세워지지 않은 때문이었다.

개학을 1주일 앞둔 날 늦은 저녁, 동천으로부터 전화가 왔다. 나는 통닭 배달을 끝내고 비디오방에서 '일 포스티노'를 빌려서 집으로 가고 있었다.

"오랜만이지? 너무 늦었나?"

"어디 외국에라도 짱박혀 있다가 온 거야?"

나는 농담으로 말했다. 문득 말해놓고 나니 동천이 보고 싶었다는 생각이 들었다. 희한한 일이었다. 고등학교 2학년 생활 절반을 괴롭힌 놈인데도 말이다.

"다녀왔지. 사진 보러 올래?"

"야한 사진?"

동천이 쿡 웃었다. 나는 망설였다. 특별한 것 없는 내 생활이지만 내 삶의 패턴이 흐트러지는 게 싫었다. 동천을 만나면 여러 가지 일들이 내가 원하지 않았던 방향으로 끌려갈 수도 있었다. 그래도 동천의 인생이 궁금했다.

"어디로?"

동천은 주소를 불러주었다. 홍익대학교에 있는 한 작업실이라고 말했다. 나는 집에 전화를 걸었다. 넘버 원이 전화를 받았다.

"친구 집에 다녀온다고? 너무 늦지 마라. 혹시 자고 오게 되면 다시 연락하고."

아무튼 우리 집에서 통하지 않는 일은 없었다. 그만큼의 책임은 따르지만. 나는 지하철을 타고 홍익대학교로 향했다. 금요일이라 그런지 홍익대학교 지하철역 부근은 사람들로 발 디딜 틈이 없었다. 외국인들도 심심치 않게 눈에 띄었다. 나는 동천이 알려준 대로 방향을 잡아 나갔다. 소극장들이 많은 거리에 동천이 말한 작업실이 있었다. 3층이라고 했지.

나는 거무칙칙한 건물을 올려다보았다. 건물은 낡았다. 군데군데 페인트가 벗겨져 흉물스럽기까지 했다. 벤츠로 학교를 오는 녀석과는 어울리지 않는다는 생각이 들었다. 나는 동천이 말한 대로 건물 옆에 난 철 계단으로 3층까지 올라갔다. 두꺼워 보이는 철문에 검정 플라스틱 바탕에 흰 글씨로 써진 명패가 붙어 있었다. 한 글자였다. 섬.

초인종을 눌렀다. 세 번쯤 초인종을 누른 후에야 문이 열렸다. 한 남자가 나를 쳐다보며 웃었다. 긴 머리에 덥수룩한 수염 때문에 그가 누구인지 알 수 없었다.

"나야, 인마."

그는 동천이었다. 새삼 그가 나보다 나이가 많다는 걸 깨달았다. 나는 조심스럽게 안으로 들어갔다. 커다란 방이었다. 벽의 재질이 그대로 드러나는 빈티지 풍의 원룸이었다. 창은 커튼으로 가려져 있었고 맞은편에는 조명등이 설치되어 있었다. 출입문과 마주 보는 자리에 방문이 하나 있었고 벽마다 온갖 사진들이 걸려 있었다. 누군가 주방 같은 곳에서 나왔다. 여자였다.

"쌍택, 오랜만이야."

숙영이었다. 그녀의 손에 맥주가 들려있었다. 숙영을 보는 건 몇 달 만이었다. 그런데 나이트클럽에서 볼 때와는 사뭇 다른 분위기였다. 무릎까지 오는 치마에 헐렁한 셔츠 차림이었다. 화장하지 않은 맨얼굴인데 유독 희었다.

"뭐해, 앉아."

동천이 내게 소파를 가리켰다. 나는 엉거주춤 자리를 잡고 앉았다. 소파 앞에 환등기가 설치되어 있었다. 그리고 맞은편에 영사막이 펼쳐져 있었다. 동천은 1인용 의자에 앉았다. 숙영이 내 옆에 앉았다. 나는 그녀에게서 조금 떨어졌다.

"여전히 쑥스러워하네."

숙영이 장난스럽게 다가왔다. 나는 더 이상 물러날 곳이 없었다. 동천에게 눈길을 주었다.

"날 왜 쳐다봐? 내 애인 아니니까 신경 쓰지 마. 그렇지 않아도 숙영이가 너 만나게 해달라고 얼마나 날 괴롭힌 줄 알아?"

나는 피식 웃었다. 예쁜 여대생이 젖비린내 나는 고등학생을 뭐 때문에 만나려고 한단 말인가.

"거짓말 같아? 진짜야."

나는 대꾸하지 않았다. 숙영이 맥주 뚜껑을 돌려 땄다. 한 병을 내게 건넸다. 이렇게 자연스럽게 술을 마셔도 되나 싶었다. 숙영과 동천은 익숙하게 맥주병을 들었다.

"그런데 어디 갔다 왔다면서?"

나는 어색한 분위기를 모면하려고 동천에게 물었다.

"소말리아!"

"소말리아? 해적들 많은 나라말이야?"

"해적들도 많긴 하지만 최빈국 중 하나인 나라이기도 해."

"거길 왜 갔다 와?"

"사진 찍으러…. 봐."

동천은 방 불을 끄고 환등기를 켰다. 영사막에 동천이 찍었다는 사진이 등장하기 시작했다. 이방인을 물끄러미 바라보는 흑인들, 숟가락을 입에 물고 있는 아이들, 더러운 거리, 뼈만 앙상하게 남은 아이들, 파리조차 몰아내지 못하는 힘없는 아이들, 총을 든 군인들, 시장….

동천에게 그런 구석이 있었던가. 나는 적잖이 놀랐다. 사진 찍기를 좋아한다는 건 알고 있었지만, 죽을지도 모르는 나라까지 돌아다니며 사진을 찍으러 다닐 정도라고 생각하지 않았다. 나름 멋있는 구석이 있다는 생각도 들었다.

우리는 맥주를 마셨다. 숙영은 맥주를 마시면서 나에 관해 물었다. 별로 할 말이 없었다. 그런데 묘하게도 숙영이 나에 대해 알면서 묻고 있다는 생각이 들었다. 나는 동천을 힐끔 쳐다봤다. 동천은 카메라를 들여다보며 딴청을 부렸다.

"내 신상이 왜 궁금한데?"

"너, 누나한테 말 높여야 하는 거 아냐?"

숙영이 정색을 했다.

"동천아, 내가 눈치 빠른 거 알지? 무슨 말 했어?"

"나 말한 거 없어. 네가 써 준 반성문 보여준 거밖에. 그리고 반성문 덕에 우리 꼰대가 나를 조금 더 신뢰하게 되었다는 정도. 사실 소말리아에 갈 수 있었던 것도 다 그 반성문 덕이었거든. 우리 꼰대가 해보고 싶은 거 해보라고 해주셨으니까."

동천은 아무 일도 아니라는 듯 반응했다.

"나 거리 좀 나갔다 올게."

카메라를 가방에 챙긴 동천이 불쑥 자리에서 일어났다. 여자와 단둘이 한 방에 있어야 한다는 사실이 나를 불안하게 만들었다.

"그럼 나도 갈게."

숙영이 내 손을 잡았다.

"너도 반성문 쓸 일 있어?"

나는 숙영의 손을 빼내며 물었다. 동천과 숙영이 웃었다.

결국 우리 셋은 같이 거리에 나왔다. 동천은 숙영과 나를 배경으로 사진을 찍어주었다. 거리의 사람들도 찍었다.

"난, 죽은 사진은 싫어."

"죽은 사진이 뭔데?"

"풍경, 정물 그런 사진 말이야. 날씨 따라, 계절 따라 바뀐다고는 하지만 난 그게 왠지 죽은 사진 같아."

동천이 사진을 찍는 동안 숙영과 나는 공원 벤치에 앉아 아이스크림을 먹으며 이야기를 나누었다.

"둘이 애인이지?"

숙영이 피식 웃었다.

"동천이가 좋은 건 살아있는 사진을 기가 막히게 잘 찍기 때문이야. 내가 아직 예술적인 감각이 없어서 잘은 모르겠지만 아무튼 수많은 사진전을 가 봐도 동천이 정도로 사진 잘 찍는 사람 못 봤어. 그래서 좋아할 뿐이야. 그리고 우린 친구고."

이번엔 내가 웃었다.

"왜 웃어?"

"그냥, 우리 집에도 돈이 많았으면 해서…."

"돈으로 뭐든 다 되는 건 아냐."

"그래도 돈이 있으면 좋잖아. 돈이 있으면 뭐든 빨리 시작할 수도 있고 말이야."

"뭘 하고 싶은데?"

"나? 생각해 본 적 없어. 그냥 막연하게 영화 공부를 하든가, 아니면 소설가가 되든가 하면 좋겠다는 생각 정도는 했지. 하지만 영화는 좀 힘들 것 같고 소설가는 될 수 있을 것 같아. 소설가는 대학을 안 가도 할 수 있고 또 돈도 안 드니까."

"넌 고등학생이 참 현실적이다."

"요즘 고딩들 다 그래."

숙영이 내 손을 잡았다. 솜털처럼 부드러웠다. 부드러운 손을 잡는다는 것은 기분 좋은 일이었다. 넘버 원이나 넘버 투, 그리고 엄마의 손은 세월이 흐르면서 거칠어졌다. 그 손에 비하면 숙영의 손은 다른 세상의 손이었다. 문학 선생님의 얼굴과 혜정의 얼굴이 떠올랐다. 그들은 내게서 멀리 있지만, 지금 나보다 세 살이나 많은 여자는 가까이 있었다. 이래도 되는 건지, 판단이 서질 않았다. 손을 통해 알 수 없는 뭔가가 내밀하게 오가는 데 그게 뭔지 알 수 없었다.

"정말 이래도 돼?"

나는 숙영이 잡은 손을 들었다. 멀리 동천이 걸어오고 있는 게 보였다.

"내가 동천이 애인 같아? 아냐, 동천이는 아주 어렸을 때부터 친구야. 유치원 시절부터 말이야. 동천이를 속속들이 다 알고 있어. 그래서 동천이랑 난 애인 되기 힘들어. 왜냐고? 너무 많이 알고 있어서 재미가 없거든."

동천이 우리 앞에 섰다. 그리고 내 손을 붙잡고 있는 숙영의 손을 힐끔 쳐다봤다.

"둘이 애인하기로 했어?"

"응!"

숙영이 기다렸다는 듯 대답했다.

"잘해 봐라. 창구 놈이 길길이 날뛰겠지."

"동천아, 난 그런 놈 싫어. 내가 자기 액세서리야? 걸핏하면 술자리에서 나를 걸고 내기를 하는데. 질렸어. 그리고 연락 안 한 지 오래됐어."

동천은 그냥 미소만 지었다. 이렇게 사랑이 만들어지는 걸까? 야릇한 감정들이 가슴의 밑바닥에서 새록새록 피어오르고 있었지만 그게 사랑인지는 알 수 없었다. 그런데 혜정이와 문학 선생님은 더 이상 생각나지 않았다.

"우리 전 먹으러 가자."

동천이 우리를 이끌었다. 숙영은 내 손을 놓지 않았다. 지나가는 사람들이 나와 숙영이를 눈여겨보았다. 동생을 이끌고 가는 누나처럼 보일 게 뻔했다. 아무래도 뭔가 언밸런스했다. 숙영이의 취향도 이상했다.

"어린 남자 좋아해?"

숙영이 깔깔깔 웃었다.

"그래, 나 어린 남자 좋아한다."

우리는 전을 판다는 음식점으로 들어갔다. 가게는 좁았지만, 사람들로 미어터졌다. 그런데도 서로에게 집중한 채 떠들고 웃느라 옆자리를 신경 쓰지 않았다. 자리를 메운 사람들은 모두 젊었고 자유스러웠으며 분방해 보였다. 모르긴 몰라도 아마 내가 가장 어린 나이일 듯했다.

"저, 미성년자는 출입 안 되는데요."

주문받으러 온 종업원이 나를 보면서 말했다.

"동생은 전만 먹을 거예요. 그건 잘못 없잖아요."

숙영이 칼칼한 목소리로 대꾸하자 종업원이 물러갔다. 동천과 숙영이 낄낄거렸다. 어쩌면 난 두 사람의 장난에 놀아나고 있는지도 몰랐다. 그래도 그다지 기분 나쁘진 않았다. 주문한 요리가 나올 때까지 동천은 가게에 앉아 있는 사람들을 카메라에 담았다. 사람들은 어쩌다 카메라를 발견해도 개의치 않았다. 고등학교만 졸업하면 이런 자유분방함이 주어진다는 사실이 신기할 따름이었다. 나는 지금 즐기는 것만으로도 좋았다.

사진을 찍던 동천이 카메라를 스르르 내려놓았다. 그의 눈이 휘둥그레졌다. 그의 시선이 향한 곳으로 눈길을 주었다. 거기에 혜정이 남자들과 앉아 있었다. 혜정이는 눈부시게 예뻤다.

16. 첫 입맞춤

동천은 개학에 맞춰 학교를 자퇴했다. 검정고시를 보겠다고 했다. 어렵게 셋째 작은아버지를 설득했고, 잘 써준 반성문 덕이라고 말했다. 그래서 개학 이후에도 학교에서는 동천이를 볼 수 없었다. 대신 전화는 꾸준히 했고 문자 역시 꾸준히 보냈다.

"내가 대학에 가는 건 오로지 괜찮은 여자애 만나기 위해서야. 내가 좀 소홀하게 해도 네가 이해해."

어느 날 닭집에 찾아온 민재는 그렇게 말했다. 나는 알겠다고 말했다. 상미는 새침한 척 굴긴 하지만 술집을 다니거나 숙녀티를 내고 다니는 것 같지는 않았다. 대신 아이돌 그룹에 미쳐 매일 가수 얘기뿐이었다. 휴일 집에 있을 때면 하루 종일 폰을 붙들고 가수에 대해서 수다를 떠는 게 전부였다.

넘버 원은 아랍어를 공부해야 한다며 새벽이면 도서관에 나가 저녁 늦게 들어왔고, 넘버 원의 말대로라면 아직도 정신을 못 차린 넘버 투는 엑스트라로 여기저기 불려 다니고 있었다. 그나마 나가는 횟수가 많아져 엄마는 내심 안심을 하는 눈치였다.

닭집은 꾸준히 장사가 됐다. 겨울이 되기 전에 가게를 비워줘야 한다는 말이 나왔다. 하지만 상가 사람들은 겨울에 가게 비우는 경우가 어디 있냐고 느긋하게 굴었다. 나도 고등학교를 졸업하기 전까진 이사하지 않기를 바랐다. 우리가 세 들어 살고 있는 빌라 집 보증금과 가게 보증금을 모두 합해도 이젠 서울에서 통닭집 하나 낼 수 없는 금액이라는 걸 나 역시 잘 알고 있었다. 권리금과 인테리어 비용을 모두 찾을 수 있다면 혹 가능할지 모르겠지만, 재개발에 들어가면 권리금이나 인테리어 비용은 공중분해 되는 돈이라고 들었다. 이건 좀 이해가 되지 않았다. 그래서 사람들이 항의하고 플래카드 붙이고 시위하는 거라고, 넘버 투가 말했다.

학교생활은 크게 달라지지 않았다. 아, 한 가지 달라진 게 있다면 숙영이 고등학교 앞으로 시도 때도 없이 나를 만나러 온다는 사실이었다. 오늘도 왔다.

"대학생이 그렇게 할 일이 없어?"

나는 곁을 지나가는 친구들 눈치를 보며 숙영에게 핀잔을 주었다.

"이것 봐라. 누나한테 못 하는 소리가 없네."

그때 민재가 지나가다 숙영에게 인사를 했다.

"안녕하세요."

민재는 숙영이 나의 과외 선생이고 내가 옆길로 샐 것을 염려해 학교 앞에서 지키고 있다가 데려가는 걸로 알고 있었다. 달리 설명할 길이 없었다.

"민재, 안녕. 학원 공부 잘하고 있지? 이제 1년만 참으면 돼. 그러면 해방이야."

"누나, 고마워요."

숙영과 같이 있으면 내가 대학생이 된 기분이 들기도 했다. 아무 데서나 술 마시고 담배를 피워도 되지 않을까, 그런 착각에 빠질 때도 있었다. 하지만 난 대학생 될 가망성이 별로 없었다. 1년에 천만 원 넘게 들어가는 등록금은 물론 생활비 역시 감당할 수 없을 터였다. 내가 은밀하게 모으는 돈은 오토바이 살 돈이었다.

"너는 공부 안 해?"

"이렇게 맨날 찾아오는데 어떻게 공부를 해?"

"그럼, 내가 안 찾아오면 공부할 거고?"

"난 글렀어. 내신도 안 좋지. 그렇다고 학원 다닐 돈도 없고. 우리 엄마 아빠들도 뭐 별로 중요하게 생각하지 않아."

"설마…"

"우리 집은 그러니까 그런 줄 알아."

"너희 집은 세 사람이 벌잖아."

숙영이 우리 집에 대해 대충은 알고 있을 거로 생각했다.

"넘버 원은 해고당했고, 넘버 투는 남들이 알아주지 않는 엑스트라야. 엄마는 통닭집하고. 실제로는 엄마가 통닭집해서 버는 돈으로 우리 다섯 식구가 모두 먹고산다고 보면 돼. 뭐 넘버 원이 벌어놓은 돈도 있긴 하겠지만 그건 우리 꼰대들 노후 자금이니까 빼먹으면 안 되겠지."

말을 끝내고 어깨를 으쓱거렸다.

"제법 어른스러운데."

"애 취급 좀 하지 마. 그런 생각은 우리 또래 애들 다 해."

"너랑 나랑 겨우 세 살 차이 나는데 세대 차이 확 난다. 그래서 난 어린 남자가 좋다니까."

나는 뭐라 대꾸할 말이 없었다.

우리는 일단 빵집으로 들어갔다. 숙영이 가방 속에 담아 온 바지와 셔츠를 꺼내 갈아입으라고 했다. 교복 입은 남학생과 돌아다니기는 부끄럽다는 말처럼 들렸다. 뭐, 어려운 부탁도 아니었다. 나는 화장실로 들어갔다. 흰색 바지도 갈색 셔츠도 마음에 들었다. 사이즈도 맞았다. 옷을 갈아입고 나오자 숙영의 얼굴이 밝아졌다.

"넌 옷걸이가 좋아서 뭐든 잘 어울려."

"그럼 옷걸이가 좋아서 나랑 같이 다녀주는 거야?"

"그건 아니지. 난 진짜 너 좋아하거든. 나이트에서 봤을 때부터 좋아했어."

사실 같기도 하고 거짓말 같기도 했다. 사람이란 게 자신이 보지 못하고 경험하지 못한 일은 믿지 않는다고 했다. 나는 첫눈에 반하거나 끌리는 경험을 해본 적이 없다. 문학 선생님도 혜정이도 자주 보다 보니까 끌리고 내 마음을 아프게 했다. 사랑에 대해선 믿지만 첫 눈에 반한 사랑에 대해서 난 믿지 않았다.

숙영은 나를 삼청동으로 데려갔다. 그곳에 있는 한 카페에서 하는 작은 연주회의 티켓을 구한 모양이었다. 숙영은 나와 특이한 박물관이나 전시회 같은 곳을 주로 다녔다. 그런 곳이 데이트 코스인 셈이었다. 저녁은 간단하게 햄버거로 때우거나 아니면 맥주를 두 병쯤 마시곤 했다.

"인디밴드인데 음악 팬들한테는 잘 알려진 밴드야. 하지만 공연이 그렇게 많지 않아서 공연 보기가 어려운 밴드거든. 꼭 한번 보여주고 싶었어."

음악 듣는 일도 영화를 보거나 책을 보는 것처럼 좋았다. 무슨 음악이냐고 물으면 대답할 수는 없었다. 뮤지션이나 음악의 제목보다는 음악 그 자체를 좋아했다. 상미는 열정이 없어서라고 핀잔을 주었다. 그러거나 말거나 내가 음악 취향은 그랬다.

골목까지 사람들로 장사진을 이루고 있었다. 티켓은 맥주 두 병과 안줏값이었다. 가게 안으로 사람들로 **빽빽**했다. 우리도 그들 틈에 끼어 음악을 들었다. 남녀 가수였는데 남자는 목소리가 가냘팠고 여자는 목소리가 허스키해 언밸런스했지만, 그게 이상하게도 잘 어울렸다. 가사는 재미있었다. 씨줄과 날줄이 얽히고 얽혀 운명이 만들어진다지만 어떤 염원과 기원의 정성으로 정해져 있는 운명이 조금씩 노선을 바꾼다는 내용이 주류였다. 한 마디로 인생 하기 나름이라는 말이었다. 경쾌한 리듬과 부조화의 두 가수의 노래를 한 시간 동안 흥미롭게 들었다. 맥주 두 병을 다 마셨고 안주도 비웠다. 사람들은 흩어지지 않으려고 했다. 나는 숙영의 손을 잡고 가게를 빠져나왔다.

"노래 잘하지?"

숙영은 재미있다는 얼굴이었다. 문득 이쯤에서 나도 정신을 차려야 하는 게 아닌가 싶었다.

"누나!"

"놀래라, 겁나는데 갑자기 왜 그래?"

나는 테라스에 테이블과 의자가 펼쳐져 있는 작은 카페로 들어갔다. 숙영이 따라 들어왔다.

"누나, 이제 나를 만나는 진짜 이유를 말해봐."

숙영이 눈을 동그랗게 뜨고 나를 쳐다봤다.

"아무리 생각해 봐도 누나 같은 여자가 나를 따라다니는 이유를 찾을 수가 없어서 그래. 뭐 난 좋아. 어차피 공부 포기한 놈이었으니까 공부 좀 안 해도 상관없고 말이야. 그렇지만 그다지 매력도 없는 날 괜찮은 대학에 다니는 여자가 쫓아다닌다는 건 좀 이해하기 힘들어. 누구라도 그렇게 생각할걸?"

숙영은 맥주를 시켰다.

"그래 그건 좀 이상하기도 해. 그리고 나 역시 이해하지 못하고 있어. 나도 내가 너를 왜 좋아하는지 모르겠어. 다만 확실한 거 하나는 알아. 내가 지금까지 만난 남자 중에 네가 가장 좋다는 거야."

나는 할 말을 잃었다. 이유 없이 좋아하게 되었다는데 더 이상 무슨 할 말이 있을까. 하지만 난 아직 숙영이 싫지 않을 뿐 좋아하거나 한다고 장담할 수 없었다.

"그런 건 걱정하지 마. 언젠간 좋아하게 되겠지. 안 그래?"

우리는 맥줏집에서 나왔다. 그리고 지하철 역사 안에서 헤어졌다. 헤어지기 전 숙영은 내 입술에 입을 맞추었다. 주변에 서 있던 사람들이 환호성을 질렀다. 내 인생의 첫 번째 입맞춤 역시 그다지 근사한 편은 되지 못했다. 숙영은 지하철을 탄 후 혓바닥을 쏙 내밀었다. 우리의 연애가 정상일까?

17. 씨줄 날줄

문학반 활동이 끝난 후 나는 뒷정리를 했다. 과제를 못 낸 대신 과제를 낼 때까지 청소하고 뒷정리하겠다고 말했다. 문학 선생님이 내 뜻을 받아들였다. 문학 선생님은 대작을 기대한다고 말했다. 나는 한 줄도 못 쓰고 있다고 대답했다. 그러자 언젠간 쓰게 될 거라고 말해주었다. 아무튼 그렇게 용서가 되었고 나는 특별활동 내내 청소하는 당번이 되었다.

바닥을 쓸고 의자를 정리하고 쓰레기통을 비우고 지우개를 털었다. 활동실 문을 닫고 문을 걸었다. 막 돌아섰는데 눈앞에 혜정이 서 있었다.

"뭐 빠트린 거 있어?"

"아니, 너 만나려고 기다린 거야. 오늘 어디 가야 해?"

나는 숙영을 떠올렸다. 약속도 정하지 않고 나타나 나를 곤란하게 만들 여자였다. 선영이도 생각났다. 특별활동 끝나고 전화하라는 문자가 와 있었지만 무시하기로 했다.

"난, 잠깐 교무실에 갔다 와야 하는데… 어디 가서 기다릴래?"

"전철역에서 대학교 쪽으로 10분 정도 올라가다 보면 오른편에 '휴'라는 카페 있어. 거기서 기다릴게."

뭐지? 혜정은 뒤돌아선 후 한 발자국도 흔들림 없이 복도를 지나갔다. 예전과 다르지 않은 모습인데 뭔가가 바뀌었다는 생각이 들었다. 그게 딱히 뭔지는 몰랐다.

나는 서둘러 문학 선생님에게 키를 반납하고 정문 쪽으로 내달렸다. 숙영은 나를 늘 후문 앞에서 기다렸다. 그래도 만에 하나 조심해야 했다. 나는 정문에 도착하기 전 멀리서부터 정문 앞을 살폈다. 숙영의 모습은 보이지 않았다. 이거 원, 내가 잘못한 건 없는 데 왠지 바람피우는 그런 기분이었다.

아니나 다를까, 정문을 벗어나 지하철 역사 쪽으로 바쁘게 걸어갈 때 숙영이로부터 문자가 왔다.

'어디야? 아직도 안 끝난 거야? 나 저녁에 약속 있어. 얼

굴이나 보고 가려고 했는데.'

다행이었다. 나는 얼른 답장했다. 선생님과 토론이 길어
졌다고. 내일 보자는 답이 왔다. 지하철 역사에서 대학교 쪽
으로 올라가면서도 주위를 살폈다. 행여 숙영이라도 만나면
낭패였다. 거짓말을 해 본 적이 없었다. 그런데 거짓말을 했
으니 들켰을 때 누구보다 나 자신이 민망스러울 것 같았다.
혜정과 만나는 모습을 보인다면 영락없이 바람피우기 위해
거짓말한 제비가 될 판이었다.

약속 장소에 도착할 때까지 다행히 숙영을 만나진 않았다.
혜정이 먼저 도착해 나를 기다리고 있었다. 그녀가 손을
들었다. 나를 늘 냉랭하게 쳐다보던 시선이 아니었다. 단둘
이 마주할 기회를 마련하고 싶었지만, 난 혜정이에게 말 한
번 붙이지 못했다. 숙영, 선영과 있을 때와는 전혀 다른 기
분이었다. 설레고 흥분되고 심장이 뛰었다. 기분 좋은 설렘
이었다. 그녀에게 할 이야기도 많았다.
혜정이 캐러멜 마키아토를 주문했다. 나도 같은 것으로
시켰다. 계산은 혜정이 했다.
"우리도 이제 곧 고3이야."
혜정이 먼저 입을 열었다.

"넌 걱정 없잖아. 문과 1등에다가 수능도 잘 나온다면서? 영어도 잘하고."

"피, 1등 지키려면 얼마나 무섭게 노력해야 하는 줄 아니? 슬슬 지쳐."

"1년만 더 버티면 되잖아."

"대학에 들어가면? 취직할 걱정 해야지. 요즘 웬만한 스펙 가지곤 취업도 못 한대."

걱정하는 수준이나 말하는 게 역시 나와 달랐다. 난 대학에 들어간 이후의 인생에 대해선 한 번도 생각해 본 적이 없었다. 나는 말없이 커피만 축냈다. 나는 더 이상 할 말이 없었다. 공부 잘하는 아이들과 늘 몇 마디 나누지 않았는데도 대화가 끊겼다. 혜정이는 그렇지 않으리라 생각했는데.

"옛날에 말이야…"

혜정이 운을 뗐다. 직감적으로 주유소 이야기를 꺼내려 한다는 걸 알았다.

"주유소 알바할 만해? 난 반말하는 놈들 때문에 하루하고 때려치웠는데."

혜정이 웃었다. 사실은 그녀가 주유소에서 나레이터 모델을 하는 이유가 궁금했다. 그리고 홍대에서 전을 먹던 날 본 혜정에 대해서도 알고 싶었다. 그날 동천은 혜정이 눈치채지 못하도록 일찍 자리를 피했다. 숙영은 영문도 모른 채 따라 나왔다. 동천은 재수 없는 놈을 봤다고 둘러댔다.

"주유소에서 일하고 언제 공부하냐?"

"수업 시간에. 그리고 잠 줄이면 돼."

"존경스럽다. 존경스러워."

"옛날엔 몰랐는데 문학 선생님이 너를 특별하게 생각하는 이유를 알 것도 같아."

"그런 거 없어. 너희들처럼 공부를 잘하냐, 너처럼 생활력이 강하냐, 그렇다고 뭐 글을 잘 쓰냐. 선생님은 갈 데 없는 나를 불쌍하게 봐준 거야."

"네가 쓴 글, 나 다 읽었어. 몇 개 되지 않고 짧은 글이지만 다른 아이들 글과 달랐어."

지금 내가 쓴 글을 칭찬하려고 날 보자고 한 걸까? 혜정은 한동안 커피를 마시며 거리 풍경을 쳐다봤다. 그녀는 거리를 지나가는 대학생들을 부러운 눈으로 쳐다봤다. 나도 할 일이 없어 거리를 구경했다.

"나, 홍대 자주 가. 우리 오빠 친구들이 가끔 불러주거든."

그날에 대한 고백? 그런 것 같진 않았다.

"그런데 며칠 전 널 봤어. 숙영이 언니랑…"

나는 숨이 멎는 듯했다. 내가 사랑하는 여자에게 정부를 들켜버린 그런 심정이었다.

"숙영이는, 아니 그 누나는 사실 동천이 친구야."

"아마 그럴 거야."

혜정은 알고 있다는 듯 말했다.

"그런데 내가 그냥 두 사람을 본 거라면 나 이런 말 안 했을 거야. 망설이고 또 망설이다가 너 만나러 온 거야. 나 요즘도 주유소에서 알바 해. 아무도 몰라. 아무도 모른다는 건 네가 누구에게도 말하지 않았다는 거잖아."

사실 동천은 알고 있었다.

"그 보답이야. 사실 말할까 말까 몇 번을 망설였어. 아무래도 말해주는 게 친구의 도리인 거 같아서…"

혜정은 커피를 다 마시고 물까지 깨끗하게 비웠다.

"숙영이 언니는 내가 중학교 문학반 할 때 알게 됐어. 언니가 지금 다니는 대학 동아리에서 문학 여행을 가는 프로그램이 있었거든."

나는 혜정의 입에서 무슨 이야기가 튀어나올지 몰라 침을 꿀꺽 삼키며 긴장했다.

"그때 알게 된 거야. 동천이도 그때 알았고. 동천이를 오빠라고 불러야 하는데… 아무튼 그 문학 여행 때 언니 동생이 같이 나왔어. 이름이 근영이었을 거야. 우리랑 동갑이야. 여행 다녀온 뒤부터 문자랑 메일이랑 주고받고 그랬어. 그런데 어느 날부턴가 근영이한테서 답장이 안 오는 거야. 학교 친구들한테 물어봤더니 어느 날부터 갑자기 학교를 나오지 않았대. 사고로 다쳤다는 소문도 있었고 죽었다는 소문도 있었어. 진실은 몰라. 언니는 알고 있겠지. 동천이 오빠도 알 수도 있고."

나는 몇 가지가 한순간에 이해되었다. 동천이 혜정이를 지목해서 사진을 찍어오라고 했던 게 그냥 괜한 짓이 아니었을지도 모른다는 것이었다. 그랬는데 어느 순간 그만두라고 말했다. 내가 알지 못하는 뭔가가 미묘하게 얽혀 있었다.

"어느 날 오빠 친구들하고 밥 먹고 전철역으로 내려왔는데 네가 보였어. 언니랑 입맞춤하는 널 본 거야."

얼굴이 달아올랐다.

"그건 그냥 숙영이 누나가 장난한 거야."

"장난이 아니던데."

나는 입을 다물었다.

"이건 그냥 내 직감이야. 언니는 근영이를 대신해서 널 만나고 있는 게 아닌가 싶어."

"너도 참, 동생한테 뽀뽀도 하고 그러겠냐?"

말을 해놓고 보니 이상했다. 내가 숙영의 남자라는 말과 같았다.

"그러면 다행이고. 난 네가 상처받지 않았으면 좋겠어. 그래서 말해주는 거야. 언니랑 근영이는 누가 보면 질투할 정도로 친했거든. 오누이라기보다 꼭 연인처럼 말이야. 서로를 그렇게 챙겼고 의지했어."

혜정이 크게 숨을 내쉬었다.

"이제 할 말 다 했다."

이쯤에서 나도 고백해야 하지 않을까? 실은 내가 사랑한 게 너라고 말하면 양다리 걸치려는 나쁜 놈이라고 생각할까? 숙영이에게는 그저 좋은 감정만 있을 뿐이니 크게 상처받지 않을 수 있다고 말하면 믿어줄까? 문득 숙영이와 삼청동의 골목 카페에서 들었던 노래가 생각났다. 인생이란 씨줄과 날줄이 얽히고 얽혀 잘 짜여 있다던 노래. 떼어낸 한 블록 안에 동천과 숙영 그리고 혜정이 각각의 줄 위를 걷고 있었고 나도 그 위를 걷고 있었던 모양이었다. 어차피 어떤 식으로든 연결될 종자들이었다는 말 같았다. 조금은 서글펐다. 숙영이 내게 접근한 게 어쩌면 순수한 의도만은 아닐 수도 있다는 점 때문이었다.

나는 가방을 들고 일어났다.

"고마워, 바쁠 텐데 가봐야지."

나는 쟁반을 들었다. 혜정이 의자에서 일어났다.

"상택아, 나 바보 아니야. 네가 주유소 건너편에서 날 지켜볼 땐 겁이 더럭 났어. 그 후에 네가 썼던 글 다시 보게 되었고 생각하게 되었지. 왜 내 뒤를 미행했을까. 미안해, 난 지금 누군가를 사랑할만한 마음의 여유가 없어."

알고 있었다니 기분은 나쁘지 않았다. 하지만 내가 혜정의 뒤를 미행한 원인에 대해서는 영원히 묻어두고 싶었다.

"그럼, 대학 들어가면 그때는 나 만나줄 수 있어?"

"그럼, 숙영이 언니는?"

"내 마음이 중요한 거잖아."

"생각해볼게. 우리 졸업하려면 1년도 더 남았는데, 그때 또 우리가 어떻게 변할지도 몰라."

"변하면 그게 사랑이니?"

나는 농담처럼 그 말을 해놓고 웃었다. 혜정이도 덩달아 웃었다.

"아무튼 너도 그렇고 숙영이 언니도 둘 다 상처 안 입었으면 좋겠어. 나도 숙영이 언니를 좋아했거든. 정말 따뜻한 언니야. 혹시나 해서 말하는데 내 안부 같은 거 전하지 마. 그런 거 여자는 금방 알아. 네가 날 만나 무슨 얘기를 들었는지 말이야."

나는 고개를 끄덕였다.

우리는 나란히 카페에서 나왔다.

"오늘도 주유소 가니?"

"한 달에 두 번 쉬는 데 오늘이 쉬는 날이야."

"그럼, 우리 영화나 하나 볼래?"

"나 밀린 공부해야 해."

"넌 진짜 재미없게 산다."

"1년만 참으면 되는 데 뭘."

"그땐 취직 걱정된다면서?"

"넌 걱정 안 돼? 우리에겐 지나간 날들보다 앞으로 남은 날들이 더 많잖아."

우린 지하철 역사 앞에서 헤어졌다. 나도 지하철을 타고 가야 했지만 걷기로 했다. 그러다 흥이 나면 뛸 생각이었다. 나는 미래에 대한 진지한 고민을 시작했다.

18. 넘버 투에게

휴일 아침인데 우리 집은 분주했다. 지난밤 갑자기 도시락을 준비해 나들이를 가기로 정한 것이다. 넘버 투의 제안이었다. 이번 촬영지가 커다란 저수지가 있는 수목원인데 자기 연기도 구경하고 점심도 같이 먹으면 좋지 않겠냐고 말했다. 넘버 원과 엄마는 그러자고 말했고 상미는 주인공 배우의 사인을 받을 수 있냐고 물었다. 넘버 투는 주인공이 등장하는 장면이 있으니 충분히 사인을 받을 수 있다고 대답했다. 상미는 여기저기 전화를 해서 아직 받지도 않은 사인을 주겠다고 호들갑을 떨었다.

뭘 준비할지 계획을 짜고 있을 때 선영에게서 뭐 하고 있냐는 문자가 왔다. 나는 한숨을 내쉬며 답장을 했다.

'죽을 맛이다. 내일 우리 가족 모두가 넘버 투 촬영장으로

나들이 가기로 했다.'

선영에게서 즉답이 왔다. 자기도 가면 안 되겠냐는 내용이었다. 나는 엄마한테 이 내용을 말했다.

"선영이? 같은 반이니?"

넘버 원과 넘버 투는 아들의 여자 친구를 보고 싶다며 찬성했다. 상미는 마지못해 찬성했고 엄마 역시 탐탁지 않다는 얼굴로 동의했다. 나는 선영에게 문자를 보냈다. 선영은 통닭집 앞으로 오겠다고 답장을 보내왔다.

넘버 투는 제시간에 오라며 신신당부를 한 후 아침 일찍 나갔다.

"형, 통닭 좀 많이 튀겨가야 하지 않을까?"

"그러게, 그렇다고 수십 명이나 되는 연기자들을 모두 먹일 순 없잖아. 그냥 몇 마리만 튀겨 가지. 시장에서 김밥도 좀 사고 캔 맥주랑 음료수도 좀 사자고. 얼른 가서 통닭 먼저 튀기지."

엄마가 짐을 챙겨 나갔다. 가게에서 만나기로 했다. 우리도 짐을 챙겨 집을 나섰다. 넘버 원도 오랜만에 신이 나는 모양이었다. 나도 촬영장을 구경할 수 있다는 생각에 들떠 있었다. 상미는 옷이 마음에 들지 않는다며 몇 번이나 집을 오갔다. 문자가 왔다. 선영이었다. 통닭집 앞에 와 있다는 문자였다. 나는 넘버 원과 엄마에게 선영이 왔다는 사실을 알렸다. 통닭을 튀기던 엄마와 음료수와 맥주를 챙기던 넘버 원이 손을 씻고 선영이를 맞을 준비를 했다.

나는 가게 문을 열었다. 선영이 화사하고 연한 블루 원피스를 입고 서 있었다.

"저, 강선영이라고 합니다."

선영이 넘버 원과 엄마에게 깍듯하게 인사를 했다. 선영이는 언제 봐도 붙임성이 좋았다. 상미에게도 인사를 했다. 상미도 선영의 첫 인상이 싫지 않은 눈치였다.

"이거…"

선영의 어깨에 메고 있던 배낭을 내려놓았다. 제법 묵직했다.

"뭐예요?"

엄마가 물었다.

"아직 김밥은 안 싸셨죠? 서둘러 싼다고 쌌는데."

선영이 배낭을 풀었다. 은박지로 일일이 싼 김밥 수십 개가 들어 있었다.

"이거 사 온 거죠?"

상미가 김밥 하나를 들고 이리저리 살폈다. 엄마도 넘버 원도 하나씩 들었다.

"새벽에 좀 일찍 일어나서 쌌어요."

넘버 원은 그 자리에서 은박지를 풀고 날름 김밥 하나를 먹었다.

"맛있는데, 시장 김밥보다 더 훌륭해."

선영의 얼굴이 빨개졌다. 기가 막혔다. 선영의 모습은 꼭 시가에 찾아온 여자 같았다. 엄마도 상미도 김밥 맛을 보곤 칭찬했다. 세 사람이 나를 의미심장한 눈으로 쳐다봤다. 분위기가 점점 이상하게 흘러갔다. 이미 엎질러진 물이었다.

우리는 선영이 싼 김밥과 통닭 다섯 마리, 생맥주 다섯 팩, 음료수 스무 캔, 단 무와 소스 등을 챙겨 차에 타서 수목원으로 향했다. 넘버 투가 우리 아빠 중 한 명이 되던 날 몰고 온 RV차였다. 계획하지 않았던 모처럼의 나들이에 모두 신이 났다. 상미는 호들갑 떨던 어제와 달리 시큰둥했다. 자신이 좋아하는 아이돌 스타들이 나오는 게 아니라 늙은 연기자들만 나온다며 투덜거렸다. 밤새 넘버 투가 출연한다는 드라마를 뒤지더니. 그래도 상미는 별 까탈 부리지 않고 우리를 따라나섰다. 생각해 보니 우린 아빠가 생긴 이후에 단 한 번도 나들이를 나간 적이 없었다. 아빠가 둘이나 있는데도 말이다.

"너 미쳤어? 너희 엄마가 뭐라고 안 그러셨어?"

나는 낮은 목소리로 선영이에게 물었다.

"같이 일어나서 김밥 싸주시던걸."

믿을 수가 없었다.

"사실대로 말했는데도?"

"그럼, 나 거짓말 안 해. 너희 가족 나들이 가는데 초대받았다고 그랬지. 그랬더니 빈손으로 가면 안 된다고 김밥 싸주신 거야."

나는 머리가 복잡했다. 대학에 가면 만나줄 수도 있다는 혜정이와 육탄 공세로 나오는 선영, 언제나 포근한 숙영… 공부에 전념해야 할 시간에 나는 나들이 다니며 그런 문제로 골머리를 앓았다.

넘버 투가 말한 수목원은 멀지 않았다. 자유로를 타고 한 시간 남짓 지난 후에 도착했다. 우리는 짐을 들고 수목원으로 들어갔다. 호수 쪽에서 촬영이 진행되고 있는 게 보였다. 그때까지 시큰둥하던 상미의 얼굴에 활기가 넘쳤다. 우리는 촬영장이 잘 보이는 곳에 자리를 잡았다. 넘버 투의 얼굴도 보였다.

"누가 넘버 투야?"

선영이 속삭였다.

"저기, 장수처럼 옷 입은 사람."

"중요한 배역인 모양이네? 학교에 오셨던 그 분이지?"

"대사는 몇 마디 없어. 그나마 요즘엔 좀 많이 나오는 편이야."

우리는 촬영장 구경하기에 여념이 없었다. 창을 든 엑스트라들이 촬영장 밖에서 담배를 피우는 모습도 보였다. 감독 근처에 마련된 의자에 앉아 있는 주인공도 보였다.

"주인공은 실물이 훨씬 나아 보이네. 어머, 저기 여자 주인공도 나왔어. 여기서 쫓겨난 왕비가 비극을 맞이하는 씬이라고 했는데…"

상미는 투덜투덜하던 때와 달리 신이 나서 조잘거렸다. 넘버 투는 왕을 호위하는 무사였다. 왕이 화면에 나오는 한 같이 나온다는 말이었다. 촬영하는 사람들이 분주하게 오가고 연기자들이 이리저리 뛰어다녔다. 조감독인 듯한 사람이 좌중을 둘러보며 점심 먹고 다시 찍는다는 말을 했다. 넘버 원이 넘버 투에게 문자를 넣었다.

'우리 왔다. 건너편에 있다.'

잠시 후 넘버 투가 왔다. 그는 엷게 화장하고 수염까지 그대로 붙인 얼굴이었다.

"나름대로 멋있는데."

엄마가 넘버 투를 눈여겨봤다.

"나 원래 멋있었잖아."

넘버 투는 돗자리 위에 털썩 주저앉으며 선영을 봤다. 선영이 벌떡 일어나 인사를 했다.

"김밥은 이 언니가 다 싼 거야?"

상미의 얼굴에 복잡한 감정이 드러났다. 경계도 질투도 선망도 아닌 희한한 감정을 지닌 말투였다.

"맛있는데."

선영의 입이 귀에 걸렸다. 나와 결혼한다면 시집 식구들에게 만점을 받은 셈이었다.

"넘버 투, 사인 잊지 마."

상미가 무지 노트와 펜을 건넸다. 엄마와 넘버 원은 선영의 눈치를 살폈다. 선영은 시종 얼굴에 웃음을 띠고 있었다. 아빠들을 넘버 원이니 넘버 투로 부르는 호칭도 기이했을 테고 우선 아빠가 둘이라는 사실에 난감해했을 텐데 선영은 잘 적응했다. 넘버 투보다 훌륭한 연기였다.

"왕하고 왕비 그리고 장군으로 나오는 사람 있잖아. 그 사람도 사인받아줘. 여러 장 받아줘도 돼."

"촬영 시작하면 바쁠 테니까 지금 받아와야겠다."

넘버 투는 노트와 펜을 들고 자리에서 일어났다.

"그리고 음식을 많이 가져왔으니까 다른 사람들도 좀 와서 먹으라고 해."

"알았습니다. 선배님!"

넘버 투가 촬영 현장으로 달려갔다. 그는 여러 사람 사이를 오갔다. 그러다 어느 순간 보이지 않았다. 금방 오겠지, 라고 생각하고 있었는데 10분이 지나도 20분이 지나도 넘버 투의 모습이 보이지 않았다.

"무슨 일 있는 거 아냐? 밥이라도 먼저 먹고 다녀오라고 할 걸."

엄마가 목을 빼고 촬영장을 살폈다.

"아들, 저쪽은 아직 점심이 안 끝난 모양인데, 가서 얼른 오라고 해라. 김밥이라도 먹고 가야지. 아니다, 그냥 가져다 줘라."

넘버 원은 김밥 석 줄과 통닭 두 마리 그리고 음료수를 챙겨주었다. 심부름하는 게 좋지는 않았지만, 연기자들을 가까이에서 볼 수 있다는 기대가 나를 떠밀었다.

나는 촬영장 주변을 둘러보았다. 연기자들이 바쁘게 오가고 있을 뿐, 넘버 투는 보이지 않았다. 마침 수염을 잔뜩 붙인, 낯이 익은 연기자 한 명이 내 앞을 지나갔다.

"저, 아저씨, 혹시 고수영 씨 어디에 가면 만날 수 있나요?"

"고수영? 수영? 호위무사?"

나는 고개를 끄덕였다.

"조금 전에 연기자 수송 버스 부근에서 봤는데."

그가 알록달록한 무늬의 버스를 가리켰다. 나는 고맙다고 인사를 한 후 버스 쪽으로 걸어갔다. 촬영장을 마주 보고 있는 쪽에는 넘버 투가 없었다. 촬영장을 등진 쪽으로 돌아갔다. 거기에 넘버 투가 있었다. 넘버 투는 내가 다가가는 것도 모른 채 뭔가를 열심히 적고 있었다. 나는 일부러 발소리를 내며 다가갔지만, 넘버 투는 알아차리지 못했다.

"뭐해요?"

넘버 투가 깜짝 놀라 고개를 들었다. 나를 확인한 순간 노트를 땅바닥으로 떨어트렸다. 그건 상미가 사인을 받아주라고 부탁했던 무지 노트였다.

"허, 봤구나. 그게 말이지. 다들 바빠서 말이야. 그렇다고 상미를 실망하게 할 수도 없고 해서 내가 비슷하게나마 그려보려고…"

넘버 투는 노트를 집어 든 후 제 옷에 탈탈 털었다.

"나중에 진짜로 사인받은 친구가 보면 어쩌려고요."

그때 노기 띤 목소리가 들려왔다. 넘버 투와 나는 동시에 목소리의 주인공을 찾아 두리번거렸다. 의자에 앉아있던 왕의 목소리였다. 왕 앞에 병졸 복장의 남자 둘이 머리를 조아리고 서 있었다.

"좀 쉬게 내버려 두라고 몇 번을 말했어? 그리고 내가 당신들 사인이나 해주러 촬영장에 오는 줄 알아? 도대체 이런 것들을 왜 엑스트라로 쓰는지 모르겠어. 경우도 없고 예의도 없고 말이야. 엑스트라도 질이 있어요, 질! 제발 좀 싸구려처럼 굴지 말란 말이야."

넘버 투의 얼굴이 붉으락푸르락해졌다. 왕 앞에 머리를 조아리고 서 있던 엑스트라들이 재빨리 사라졌다. 왕은 간이 의자에 몸을 깊이 묻고 눈을 감았다. 넘버 투가 굳이 설명하지 않아도 왕에게 수모를 당했을 장면이 짐작 갔다.

"넘버 투가 결정해. 사실대로 말하든가, 아니면 그거라도 주든가."

사인의 진위 같은 건 나중 문제였다. 나는 망설이는 넘버 투의 손에서 노트를 빼앗았다. 열 명쯤 사인이 되어 있었다. 글씨체를 다르게 쓴 흔적이 역력했다. 하지만 그 정도면 속일 수도 있겠다는 생각이 들었다. 나는 넘버 투에게 김밥과 통닭을 넘겼다.

"넘버 원이 속 든든하게 먹고 하래."

"그래, 스타들은 워낙 바빠서 쉴 짬이 잘 안 날 거야. 그런데 모처럼 쉬는 시간에 방해하면 나라도 화가 나겠지."

늘 활기차고 활동적이고 투사다웠던 넘버 투의 모습은 어디에도 없었다. 차라리 보지 않았으면 싶었다. 나는 넘버 투를 향해 파이팅을 외쳤다. 넘버 투도 똑같은 동작을 취했다. 우리 자리로 돌아가려면 촬영 구역을 뼁 돌아가야만 했다.

넘버 투의 시야에서 벗어났다 싶은 곳에서 뒤를 돌아다보았다. 보지 말아야 할 광경을 또 보고 말았다. 왕의 손에 김밥이 들려있었다. 왕은 그 김밥을 마구 흔들며 넘버 투에게 삿대질하고 있었다. 넘버 투나 먹으면 될 김밥을 왜 왕에게 가져다준 건지 이해되지 않았다. 그나마 다행인 건 통닭이 든 봉투는 건네지 않은 모양이었다. 은박지에서 김밥이 터져 나왔다. 왕은 은박지 채 바닥에 버렸다. 넘버 투는 쪼그려 앉아 김밥을 주웠다. 나는 돌아섰다. 더 이상 보고 싶지 않았다.

상미에게 노트를 건넸다. 상미는 노트를 펼치며 즐거워했다. 그리고 넘버 원과 엄마에게는 거짓말을 했다. 때로는 거짓말도 필요한 게 인생인 모양이다. 문득 담배 생각이 났다. 한번 피우면 끝장을 봐야한다던데… 그래도 담배 생각이 났다.

19. 부산 갈매기

어렸을 때는 시간이 화살처럼 지나간다는 사실을 몰랐다. 하지만 이제 겨우 10대 후반인데도 어른들이 입버릇처럼 하는 그 말이 실감 나기 시작했다. 우리가 효자동에 터를 잡은 게 7년쯤 됐고 통닭집을 한 게 6년, 두 아빠가 생긴 게 5년쯤 전의 일이지만 바로 어제 일처럼 느껴지는 순간에 그런 기분이 들었다. 게다가 난 어느새 세 여자 사이를 오락가락하며 여자를 알아가는 나이가 되었다.

어제까지만 해도 한 낮이 더웠었는데, 거리에는 벌써 낙엽이 쌓이고, 아침저녁에는 점퍼를 입어야 할 정도로 쌀쌀했다. 곧 겨울이 오고 나도 고3이 되겠지. 몸은 어느새 훌쩍 커진 것처럼 느껴졌다. 다리 사이에 털도 제법 부숭부숭했고 턱 밑과 코 밑에도 수염이 자라 최소 사흘에 한 번은 면도해야만 했다. 다행히 여드름은 잦아들었다. 어깨도 넘버 원이나 넘버 투 못지않게 넓어졌고 목소리도 이젠 완전히 어른의 목소리였다.

학교 기말 고사가 끝나던 날, 맥주를 사주겠다며 숙영이 학교 앞으로 찾아왔다. 술도 담배도 자연스럽게 마시고 피웠다. 술 마시고 담배를 피울 때면 어른이 된 기분이 들었다. 이제 내 몸 어디에서도 소년의 분위기는 없었다. 거울을 볼 때마다 뭔가를 잃어버린 기분이 들고는 했지만, 지나간 시간을 되돌릴 수 없었다.

"동천이는 학원 잘 다닌데?"

나는 동천의 소식을 물었다. 숙영은 고개를 끄덕였다. 나는 그동안 혜정에게서 들었던 말에 대해 입을 다물었다. 동생의 문제를 확인하는 순간 여대생을 사귀고 있다는 자만과 나 자신이 어미 어른이라는 환상이 깨지는 걸 바라지 않았다. 어쨌든 난 궁금한 걸 꾹 누르고 참았다. 시간이 흐르고 입 무거운 게 나의 특질이라는 걸 깨달았다.

우리는 신촌으로 나갔다. 수백 명을 수용할 수 있는 대형 호프집으로 들어갔다. 이제 나를 제지하는 종업원은 없었다. 머리통에 착 달라붙은 곱슬머리와 턱 밑 수염이 한몫했다. 술집에 자유롭게 드나드는 건 즐거웠지만 언젠가부터 조금씩 불안해지고 있었다. 이대로 나를 방만하게 내버려 두어서는 안 된다는 생각이 문득 들곤 했다. 그런데 생각만 그럴 뿐 난 아무 행동도 하지 않았다. 주변의 풍경이 온통 신선하고 즐겁고 흥미로웠기 때문일지도 모른다.

생맥주 한잔을 비우고 돈가스 안주를 우걱우걱 먹었다. 먹성도 남달라졌다. 밥도 세 공기는 먹어야 양이 찼고 점심 식사와 저녁 식사 사이에 빵 두 개와 우유 하나 정도는 먹어 줘야 기운이 났다. 그래도 호리호리한 몸을 유지했다. 아마 나도 모르는 부모의 유전자 덕이리라.

"내가 좀 알아봤거든."

"뭘?"

"너 내신은 대학 갈 수준이 안 된다면서?"

"중간 정도는 돼."

"그래서 말인데. 특채로 가는 거야."

"어떻게?"

"넌 글을 잘 쓰잖아. 그러니까 내년 수능 보기 전에 문학 공모전에 공모해서 상을 받는 거야. 그러면 특채로 문예창 작학과나 잘하면 국문학과 같은 데도 들어갈 수 있어."

문학 선생님도 내게 그런 말을 해주었다. 하지만 공모전에

써내야 할 글들은 진짜 소설이었다. 아직까진 그럴 자신은 없었다. 내가 잘 쓰는 건 동천의 반성문 같은 짧은 글이었다.

"왜? 내가 대학 안 다니면 만나기가 좀 그런가?"

나를 향한 걱정이나 염려, 이런 것들은 사실 좀 귀찮았다. 걱정과 염려는 나를 남과 비교하는 시선으로 보였고 충고는 비난하는 말로 들렸다. 넘버 원이나 넘버 투, 엄마도 나에게 충고 따위는 하지 않았다. 꼭 하고 싶은 일을 하면서 살았으면 좋겠다는 게 나에 대한 그들의 바람이었다. 그런데 난 아직 내가 하고 싶은 일이 무엇인지 알지 못했다. 세월은 지나고 있는데, 뭔가를 결정해서 앞뒤 보지 않고 달려가야 하는데, 나는 여전히 제자리를 맴돌고 있었다. 내가 삐딱하게 구는 건 그런 나에 대한 짜증도 있었다.

"그런 말 아니잖아. 나는 상관없어. 네가 견딜 수 있을까?"

숙영이 반쯤 남아 있던 맥주를 단숨에 비웠다.

"나 한 가지 물어볼게. 나 사랑해? 고딩인 날 사랑하냐고. 그야말로 아무것도 없는 나를 사랑하고 있어?"

부드럽게 물어보고 싶은 말이었는데 내 말투는 거칠었다. 소년의 탈을 벗는다는 건 쉬운 일이 아닌 모양이었다.

"사랑하지 않으면 너를 내가 왜 만나?"

나는 동생의 이야기를 꺼내려다 말았다. 아무런 이유도

없이 숙영과 나와의 관계를 불편하게 몰아가려고 하고 있었다. 일부러 상처 주고 일부러 고통받아 그걸 즐기려고 하고 있는 게 아닐까. 내 나이는 이상한 나이였다. 나는 입을 꾹 다물었다.

"누나, 나 그야말로 혈혈단신이야. 난 내 엄마 아빠가 누군지도 모른다고."

"내게 중요한 건 네 엄마 아빠가 아니라 너야."

진짜 나를 사랑하는 걸까? 내게서 동생을 잃은 위로를 받으려고 하는 거겠지. 그렇게 내 머릿속은 자꾸 뒤틀린 푸념들로만 채워졌다. 자꾸 제대로 된 인생에서 벗어나고 있는 것만 같은 나에 대한 투정이었다. 나는 이빨을 깨물었다.

그때 내 휴대폰이 울렸다. 못 보던 전화번호였다.

"여기 부산 영도 경찰섭니다."

"경찰서요?"

"장광수라는 학생 아십니까?"

"장광수… 광수요. 제 친구입니다."

숙영이 내가 바짝 다가와 앉았다.

"어제 새벽에 다리 위에서 사고가 있었는데… 아무튼 좀 내려와서 확인 좀 해주셔야겠습니다. 휴대폰 맨 위에 댁 연락처가 있어서 연락하는 겁니다. 부모님이랑 연락을 해줄 수 있습니까?"

"어, 없는데요. 할아버지 할머니가 계시긴 한데 전 연락처를 몰라서."

"할아버지, 할머니요? 그분들 돌아가셨다고 전산에 뜨던데."

경찰은 일단 영도 경찰서로 내려와 달라고 부탁했다. 외항선 선원이 되겠다던 놈이 죽다니. 광수를 마지막으로 보았던 날들이 새록새록 떠올랐다. 나는 눈앞이 캄캄했다. 누군가 죽었다는 소식을 직접 듣기는 처음이었다. 그것도 한때 나와 친구였던 녀석의 죽음에 대해서. 우리가 죽을 수도 있는 나이라는 게 믿어지지 않았다. 돈 모아 외항어선을 타겠다던 광수의 얼굴이 아른거리기 시작했다.

"도대체 무슨 얘기야? 누가 죽었다고 그러는 거 같던데."

나는 숙영에게 광수에 관해 이야기해주었다. 손으로 입을 막은 숙영의 눈에 눈물이 맺혔다. 여자란 알지도 못하는 사람의 죽음에 눈물을 흘릴 수도 있는 걸까?

"가봐야지."

"지금 어떻게?"

"터미널에 가면 심야 버스가 남아있을지도 몰라. 아니, 부산으로 내려가는 기차라도 타야지."

숙영이 백을 들고 일어났다.

"아냐, 동천이한테 연락해 보자. 얼마 전에 동천이 똥차 하나 장만했다고 하던데. 동천이도 광수라는 애 알지?"

나는 고개를 끄덕였다. 숙영이 동천에게 연락했다. 나는 동천이 나타날 때까지 술집 안의 사람들을 넋 놓고 구경했다. 그들은 하나같이 활기차고 생동감 넘쳤다. 나쁜 인생 같은 건 근처에도 오지 못할 정도로 사람들은 밝고 행복해 보였다. 숙영이 몇 차례 동천에게 전화를 걸어 위치를 확인했다.

"나가자. 가게 앞이래."

나는 숙영의 손을 잡고 가게 앞으로 나갔다. 군데군데 도색이 벗겨진 흰색의 승용차 한 대가 우리를 기다리고 있었다. 숙영이 조수석에 타고 나는 뒷좌석에 탔다. 옆자리에는 동천의 분신인 카메라가 놓여 있었다.

"무슨 일이야?"

숙영이 나를 대신해서 설명했다. 광수라는 친구가 영도다리에서 사고를 당했다는 이야기, 휴대폰에 내 이름이 가장 위에 있어서 연락하게 되었다는 이야기, 몇 개월 동안 다른 사람과는 통화도 하지 않았다는 숙영의 추측, 부모는 없고 할아버지와 할머니가 있는데 그분들도 돌아가셨다는 이야기까지 남김없이 했다. 나도 광수에 대해선 그 이상 아는 게 없었다.

동천은 거칠게 차를 몰았다. 부산까지 내려가는 동안 나는 광수에 대한 새로운 사실들 몇 가지를 알게 되었다. 실은 광수의 부모가 살아 있다는 것, 하지만 광수가 어렸을 때 둘 다 집을 나간 뒤 소식이 끊겨졌다는 것, 입버릇처럼 언젠가 만나면 죽이겠다고 말했다는 것, 외항선원이 되겠다는 건 아르헨티나 어딘가에 엄마가 살고 있다는 소식을 들어서였는지도 모른다는 것.

숙영은 간간이 흐느꼈다. 동생을 떠올리는 걸까? 그녀의 동생도 죽은 걸까? 반대편에서 달려오는 차들의 불빛이 차 실내의 까만 어둠을 헤집고 사라졌다. 그때마다 차 실내는 더 어두워졌다. 나도 모르게 눈물이 흘렀다. 눈물을 지운 후 엄마에게 전화를 걸었다. 친구가 죽어서 부산에 가고 있어서 오늘은 못 들어갈 것 같다고. 어쩌면 며칠… 학교에도 연락해 달라고 부탁했다. 비로소 난 그동안 잊고 지냈던 내 신분을 인식했다. 나는 고등학생이었다.

경찰관은 우리를 데리고 병원 영안실로 향했다.

"신고가 들어왔을 때는 이미 늦었더라고요. 장광수 씨가 다리 위에 넋 놓고 서 있는 걸 한 운전자가 이상하게 보고 신고를 했던 겁니다. 달려가 보니까 신발하고 휴대폰만 놓여 있고 사람은 없었습니다."

다리가 휘청거렸다. 허공을 걷고 있는 기분이 들었다. 숙영은 눈이 빨갛게 충혈된 채 비틀거렸다. 동천만 침착했다. 우리는 영안실 앞에 섰다.

"그나마 해양경찰이 빨리 출동하는 바람에 시신을 찾아 낼 수 있었습니다."

영안실 문을 열고 안으로 들어갔다. 서늘한 냉기가 내 어깨를 짓눌렀다. 하얀 가운을 입은 사람이 우리를 기다리고 있었다. 동천이 앞서고 나와 숙영이 뒤를 따랐다. 하얀 가운의 남자가 냉동고에서 광수를 꺼냈다. 커다란 지퍼백이 나타났다. 남자는 아무렇지도 않게 지퍼를 열었다. 그곳에 꽁꽁 언 광수가 누워 있었다. 숙영은 오랫동안 알고 지냈던 사람을 대하기로 하듯 울음을 터트렸다. 나는 실감이 나질 않아 손을 뻗었다. 이제 겨우 10대 후반인데 주검을 봐야 한다니, 이제 갓 스물인데 죽어야 한다니. 믿어지지 않았다. 죽음이란 늙은 사람들의 이야기인 줄로만 알고 살아왔었는데.

동천은 누워있는 시체가 광수임을 확인해 주었다. 지퍼가 닫히고 광수는 영원히 백에 갇혔다. 그는 다시 냉동고로 들어갔다. 경찰관이 우리를 데리고 나왔다.

"조사 과정에서 연락할 사람이 아무도 없다는 게 나왔습니다."

부모가 있다고 말하려다 말았다. 연락이 되지도 않을뿐더러 찾아온다고 해도 이젠 낯선 관계일 뿐이었다.

경찰관이 작은 종이봉투를 동천에게 건넸다.

"유품입니다. 휴대폰하고…"

경찰관이 투명 지퍼백을 하나 꺼내 들었다. 오백 원짜리 동전이 가득 들어 있었다.

"시신을 검안하는 과정에서 입안에 오백 원짜리 동전을 한 가득 물고 있어서 빼놓은 겁니다. 왜 그랬는지 모르겠지만… 강압적으로 누군가 입에 밀어 넣은 건 아니라고 판명이 났습니다."

경찰관은 시신의 처리 과정에 대해 동천에게 몇 가지 말해준 뒤 사라졌다.

우리는 병원 건물 앞 벤치에 앉았다. 아침이 밝아오고 있었다. 해는 뜨는 데 광수는 냉동고에 누워 있었다. 숙영은 눈물을 흘렸다.

"미친놈, 죽으려고 여기까지 내려왔어."

동천이 담배를 꺼내 물었다. 내게도 담배를 권했다. 뿌연 담배 연기가 새벽 여명 속으로 빨려 들어갔다.

우리는 그날 광수가 뛰어내렸다는 영도다리를 찾아가 녀석이 입 안에 가득 넣었다는 동전을 모두 뿌려주었다. 녀석이 왜 죽었는지 그리고 왜 동전을 입에 물고 있었는지 우리는 영원히 알지 못할 게 분명했다.

20. 우연히

동천의 작업실에서 지낸 지 사흘이 지났다. 조용히 누구의 방해도 받지 않은 채 쉬고 싶었는데 마땅한 장소가 없었다. 며칠만 있어도 되겠냐고 동천에게 물었고 그는 그러라고 답해주었다. 나는 동천의 작업실에서 옛날 영화 보고 동천이 찍은 사진 보며 하루 종일 뒹굴었다. 동천은 아침이면 어김없이 카메라를 들고 작업실을 나섰고 저녁 늦게 들어오면서 햄버거나 맥주 따위를 내게 주었다. 숙영은 오지 않았다.

집에도 학교에도 연락하지 않았다. 선영이와 민재로부터 수십 차례 문자가 왔지만 답장하지 않았다. 나와 그다지 친하지 않았던 광수였지만, 나는 마치 그와 가장 친했던 친구처럼 괴로워하고 그리워했다. 모든 게 허무하고 부질없다는 생각이 들었다. 나도 광수와 다를 바 없는 존재라는 사실이 나를 더 괴롭게 만들었다.

사흘째 되던 날 숙영이 왔다. 동천은 없었다.

"왜 그래?"

숙영은 작업실로 들어와 꽁꽁 여며둔 커튼을 모두 걷었다. 햇살이 한꺼번에 작업실로 밀려들었다. 눈이 부셨다.

"너랑 친하지도 않았다면서?"

"그게 중요한 게 아니니까."

나는 소파에 늘어진 채 누워 있었다. 숙영이 곁에 앉았다.

"내 동생 얘기 들었지?"

숙영은 망설이지도 의심하지도 않고 말했다. 나는 그제야 허리를 세우고 앉았다.

"3년 전에 죽었어. 내가 세상에서 가장 아낀 아이였어. 중3이었지. 마냥 어리다고만 생각했는데 어느 날 문고리에다가 아빠 넥타이로 목을 매고 죽은 거야. 그렇게도 사람이 죽더구나. 배신이었어. 세상에 견디지 못할 게 뭐가 있냐고 늘 다독였지. 다른 여자랑 사는 아빠를, 다른 남자랑 집에 드나드는 엄마를 근영이는 견디지 못했어. 우리 둘만 행복하게 잘 살면 되는 거라고 세뇌가 될 정도로 말하고 또 했는데 죽어버렸어."

얼굴도 모르는 광수의 죽음을 대할 때와는 달리 숙영의 얼굴은 차갑고 차분해 보였다.

"내가 왜 너를 좋아하는 줄 알아?"

나는 테이블 위에 놓인 담배를 집었다. 숙영이 내 손에서 담배를 빼앗았다.

"불안해 보여서 그랬어. 네가 쓴 글들 나도 다 읽었어. 그런데 근영이가 쓴 글들이랑 너무도 닮았던 거야. 처음에 동천이가 네가 써 준 반성문이라고 보여줬는데 그걸 보며 난 울었어. 그 후에 동천이를 졸라서 네가 쓴 산문들 다 읽었지. 그 몇 편 되지 않는 글을 읽고, 난 너를 좋아하게 된 거야. 너를 보호해주고 싶은 생각도 없진 않았어. 내 동생처럼 말이지. 하지만 넌 근영이보다 훨씬 강했어. 그런데 광수라는 그 친구 앞에서 한순간에 무너지더라. 그래도 금방 제 갈 길 가겠지, 라고 생각했어. 그런데 동천이가 전화를 했어. 너 여기에 있다고, 그냥 내버려 두면 광수 따라가게 생겼다고."

"따라가긴 누굴 따라가. 난 그냥 힘들어서 쉬고 싶은 거야."

"근영이가 그랬지. 누나 쉬고 싶다고. 사람들에 대해 고민하고 괴로워하고 그리워하고 싶지 않다고, 그냥 쉬고 싶다고."

숙영이 내 얼굴을 빤히 바라보았다. 그녀의 눈 속에 담긴 내가 보였다. 며칠 만에 덥수룩하게 자란 수염도 보였다.

"이제 돌아가."

"난 돌아갈 곳이 없어."

숙영이 내 팔을 잡았다. 나는 터진 봇물처럼 가슴에 숨겨 두었던 말을 토해냈다. 두 명의 아빠와 한 명의 엄마, 그리고 여동생. 핏줄 한 점 섞이지 않은 가족들과 무관심과 무심함에 대해. 무관심이 당연한 이야기이지만 한 번쯤은 진한 애정 같은 걸 느끼고 싶었다고. 나는 담담하게 말했다. 어느 순간 숙영이 나를 끌어안고 내 등을 토닥거렸다. 따뜻한 살이 느껴졌다. 좋은 향기가 났다. 나는 부끄러운 나를 감추기 위해 숙영의 옷 속으로 파고들었다. 숙영은 나를 인정하고 받아주었다.

나는 학교로 돌아갔고 일주일 정학을 맞았다. 누구에게도 항변하지 않았다. 넘버 원이나 넘버 투도 나의 짧은 가출에 대해 말하지 않았다. 각자의 목적이 있어서 모여 살 뿐 우리는 제각각인 존재들 같았다. 서럽지 않았다. 그런 사람들은 널렸으니까. 넘버 원이나 넘버 투, 그리고 엄마와 상미도 그런 사람들이었으니까.

21. 넘버 원 돌아와요

나는 조금씩 글을 쓰기 시작했다. 숙영이 각종 정보를 물어다 주었고 나는 그 일정에 맞춰 조금씩 충실하게 글을 썼다. 책도 더 많이 읽었고 영화도 더 많이 봤다. 학교 수업도 열심히 들었다. 선영과 민재가 그런 나를 환영했다.

시간 날 때마다 나는 교보 문고로 달려갔다. 한 시간이고 두 시간이고 책꽂이 앞에 서서 책 한 권을 다 읽고는 했다. 그러던 어느 날 서점에서 넘버 원을 봤다. 모른 척하기가 더 이상하다는 생각이 들어 넘버 원에게 다가갔다. 넘버 원은 법률 서적 코너에서 책을 뒤적이고 있었다.

"어쩐 일이세요."

넘버 원이 나를 보고 깜짝 놀라는 눈치였다. 그렇게 놀랄 것까진 없었는데. 내가 민망했다.

"어, 책 좀 보려고."

"도서관에 없는 책인가 보네요."

"응, 최신 내용이 담긴 책이 필요해서 말이야."

넘버 원은 금방 자리를 옮겼다. 그러고는 실내 인테리어 책 코너로 걸어갔다.

"인테리어 하게요?"

"인테리어?"

"여긴 실내 인테리어 코너잖아요."

"그렇구나."

넘버 원은 들고 있던 책을 내려놓고 이번에는 시집 코너로 가서 섰다.

"참, 너희 엄마나 나나 젊었을 땐 시 많이 읽었는데."

넘버 원은 건성으로 시집을 들춰보았다. 넘버 원의 행동이 좀 이상했지만 난 대수롭지 않게 생각했다.

"상택아, 우리 소주 한잔할까?"

"저 고딩입니다."

"요즘 너 나한테 존댓말 하는 거 알아?"

"그럼 제가 옛날에는 반말했습니까?"

"그래 인마. 넘버 원, 왜 이래, 용돈 안 줘? 그렇게 말했지만, 사실 그때가 더 좋았지. 시간이란 게 흘러가는 거니까.

청년이 된 지금도 좋아. 어때 한잔?"

"나 술 끊었는데…"

넘버 원이 머리통을 쥐어박았다.

나와 넘버 원은 교보 문고에서 나와 세종문화회관 뒷골목
으로 걸어갔다. 넘버 원은 걸어가면서 담배를 피웠다. 넘버
원은 내가 본 남자 중에 가장 멋있게 담배를 피우는 남자였
다. 엄마가 넘버 원을 인정한 건 담배 피우는 모습 때문일지
도 모른다고 생각했던 적도 있었다.

우리는 실내 포장마차에 들어갔다. 넘버 원은 소주와 오
징어볶음을 주문했다. 내가 가장 좋아하는 반찬이며 안주였
다. 그걸 기억하고 있다가 시킨 건진 알 수 없지만.

"아들, 진작부터 너랑 둘이 네가 가장 좋아하는 안주 놓고
술 한잔하고 싶었어. 이제야 가능해졌네."

"지금도 원래는 술 마시면 안 되는 건 마찬가지잖아요."

"하긴…"

넘버 원이 잔에 술을 따랐다.

"어른들 앞에서 술 배우라는 소리, 괜한 소리 아냐. 정신
똑바로 차리고 술 마시라는 뜻이거든. 어른 없어도 정신 똑
바로 하고 술 마시면 누구랑 마시든 상관없어. 남에게 피해
를 주지 않는다면 말이지."

"난 그냥 자요."

"술 많이 마셔본 말투네."

"그냥 좀….."

넘버 원이 내게 꿀밤을 주었다. 싫지 않았다.

"너도 내년에는 어디 갈지 준비해야 할 텐데. 계획은 있니?"

평소에는 하고 싶은 대로 하라더니. 나는 인제 와서 무슨 관심일까 싶었다.

"그냥 되는 대로 해 봐야죠."

"엄마 이야기 들어보니까 너 글 쓰는 솜씨가 보통이 아니라고 하던데. 넘버 투도 그리고."

"그걸 어떻게 알아요?"

나는 적잖이 놀랐다.

"꼭 말해야 아는 건 아니지. 그냥 보면 알 수 있어. 부모와 자식이란 그런 거거든. 우리 아들이 뭘 잘하는지, 뭐에 관심이 있는지, 행복한지, 슬픈지, 그냥 같이 있기만 해도 알 수 있지."

나는 피식 웃었다.

"믿지 못하겠다는 눈치네. 자식이 거짓말을 하는지, 진실을 말하는지 다 알 수 있어."

"넘버 원, 넘버 투 그리고 엄마는 진짜 저의 부모가 아니잖아요."

"그래서 모를 거라고 생각해?"

넘버 원이 잔을 들었다. 내게 건배를 청했다. 나는 고개를 돌리고 잔 속의 술을 입에 털어 넣었다. 쓰면서 달고 가슴이 아렸다. 슬플 때 먹으면 꽤 괜찮은 술이겠다는 생각이 들었다.

"네가 친구가 죽었다고 해서 사흘 동안 집에 안 들어왔을 때 엄마나 나, 그리고 넘버 투도 네 말을 믿었거든."

"그건 사실이었으니까요."

"그래, 사실이었어도 네 나이의 아들을 가진 부모란 늘 의심을 하게 되지. 그런데 너는 짧은 한마디만 했잖아. 그런데 네 이야기를 듣고 우린 네게 한 번도 전화하지 않았잖아."

"그랬죠."

또 한 잔을 마셨다. 배가 따뜻해지기 시작했다.

"그건 널 믿기 때문이야. 그리고 지금까지 넌 한 번도 거짓말을 해 본 적이 없었고. 그런데 사실 살다 보면 거짓말을 해야 하는 순간들이 많이 오지. 사실 네 나이 또래 아이들에게 친구의 죽음은 하루면 충분히 슬퍼할 수 있는 시간이라고 생각했었지. 집에 있으면서 학교도 나가고 그러면서도 충분히 슬퍼할 수 있는 일이라고. 그런데 그건 우리만의 생각이었어. 우리도 친구가 죽으면 우리에게 남은 인생 모두

가 허무하게 느껴지거든. 너는 아직 젊어서 네 애도의 기간
이 짧을 수도 있다고 생각했던 거야. 네가 사흘이나 지났는
데 집에 안 들어온 후에야 네 슬픔도 우리의 슬픔과 다르지
않다는 걸 알았지. 아, 우리 아들은 누군가의 죽음을 제대로
슬퍼할 줄 아는 인간이구나. 좀 웃긴 이야기지만 난 네가 대
견스러웠어."

"만약에 넘버 원이나 넘버 투가 진짜 내 아빠였다고 해도
그랬을까요?"

"그랬을 거야. 네 아빠와 엄마, 둘 다 내게는 선배였으니
까. 누구보다 다른 사람들의 아픔을 같이 아파해주던 사람
들이었으니까. 우리 셋이 공통으로 느낀 건 '역시 넌 그 선
배의 아들이구나.'였어. 그리고 우리들의 아들이구나, 라는
것도 느꼈지."

"내 진짜 아빠랑 엄마는 누구예요?"

어떻게 그걸 지금까지 묻지 않고 살아왔을까 싶었다.

"스무 살이 되면 그때 엄마가 모든 걸 보여줄 거야. 그게
선배들의 유언이었으니까."

스무 살, 그래, 지금까지 기다렸는데 2년을 못 기다릴 것
도 없었다. 넘버 원이나 넘버 투, 그리고 엄마와 별로 다를
것도 없다는 생각도 들었다.

"아직은 이해할 수 없을지도 모르니까."

"돌아가셨겠죠?"

"그래. 너희들 아주 어렸을 때."

"상미는 내 혈육이 맞나요?"

"반만."

그랬구나. 아주 피가 섞이지 않은 건 아니었다. 넘버 원의 얼굴이 서서히 달아올랐다. 내 얼굴도 뜨거웠다. 나의 진짜 아빠와 엄마는 어떻게 죽었을까. 언젠가 넘버 투를 통해 그 시대는 아주 혼란했던 시절이라고 말했던 걸 들은 적이 있었다. 잊어서는 안 될 시대라고. 그리고 결코 잊어서는 안될 시대라는 것도. 또 한잔 술을 털어 넣었다. 주인아저씨가 접시에 돼지 머리고기를 들고 왔다. 주인아저씨는 나와 넘버 원을 보고 피식 웃고는 말했다.

"누가 부자지간 아니랄까 봐 어쩜 술에 취하면 눈가가 빨간 것까지 닮을 수가 있나."

주인아저씨가 돼지 머리고기를 서비스라며 내려놓고 갔다. 나와 넘버 원은 서로를 쳐다보며 웃었다.

"아들 괜찮지?"

"네. 그분들도 술 셌지요?"

"그럼, 말 술을 드셨지. 두 분 모두."

소주를 한 병 더 시켰을 때 넘버 원의 휴대폰으로 전화가 걸려 왔다. 나는 엄마려니 싶었다. 그러나 넘버 원의 표정을 보자 엄마가 아님을 깨달았다.

"…알았어. 나도 방법을 찾아보고 있어. 김 부장 그런 놈 아니거든. 그리고 전에도 말했지만 내 휴대폰에 김 부장 말도 녹음해 놨다고."

잠시 침묵이 흘렀다. 나는 넘버 원의 잔에 술을 따랐다.

"뭐라고? 우리가 나가기로 한 자리에 벌써 사람이 나갔다고? 그게 무슨 소리야? 사업 확정이 아직 안 됐다고 하던데. 끊어 봐."

넘버 원은 어디론가 전화를 걸었다.

"접니다. 지금 막 들은 이야긴데 회사 직원들로 벌써 파견했다면서요. 그러면 절 회유하려고 거짓말했던 겁니까? 제가 설득해서 회사 그만둔 친구들 다 엿 먹으라는 겁니까? 미안하다고요? 약속하셨잖습니까? 제 휴대폰에 녹음도 했고요. 뭐라고요? 제가 억지로 녹음하라고 해서 했다고요? 그게 말이 됩니까? 여보세요, 여보세요."

넘버 원은 몇 차례 전화를 더 걸었다. 하지만 상대는 전화를 받지 않았다. 넘버 원의 얼굴에 핏기가 사라졌다. 넘버 원은 여기저기 전화를 걸기 시작했다. 그럴수록 넘버 원의 얼굴은 차갑게 굳어갔다. 내 속을 채웠던 술기운도 사라졌다. 테이블 쥔 넘버 원이 양손을 부들부들 떨었다. 소주병을 들고 병째 나발을 불었다.

그날도 난 넘버 원을 업고 들어가야 했다. 그런데 예전만큼 무겁지 않았다.

나흘 뒤, 문학 수업 중인데 엄마로부터 전화가 왔다. 처음 있는 일이었다. 나는 교실 밖으로 나와 전화를 받았다.

"지금 빨리 좀 와야겠다."

나는 가방을 교실에 둔 채 그대로 복도를 달렸다. 선생님이 복도에서 나와서 나를 바라봤지만, 설명할 시간이 없었다.

엄마와 넘버 투, 그리고 상미가 가게에서 나를 기다리고 있었다.

"빨리 가자."

엄마가 재촉했다. 넘버 투가 차를 몰고 인천으로 달려갔다. 엄마도 넘버 투도 아무 말도 하지 않았다. 상미도 이유를 몰랐다. 넘버 투는 신호를 어기고 속도 감시 카메라도 무시하고 경광등까지 켜고 달렸다. 차가 밀리면 갓길로도 달렸다.

한 시간 남짓 거친 질주 끝에 우리가 도착한 곳은 거대한 굴뚝과 보일러 앞이었다. 광장에 경찰과 소방대원, 그리고 수백 명쯤 되는 사람들이 모여 웅성거렸다.

"네 아빠가 일했던 발전소야."

엄마는 짧게 말하고 차에서 내렸다. 하늘로 치솟은 굴뚝과 어마어마한 크기의 보일러에 나는 압도당했다. 발전소 건물이 이토록 큰 줄 몰랐다. 엄마와 넘버 투는 사람들을 헤치고 앞으로 걸어 나갔다. 그때까지도 내가 왜 이곳에 왔는지 알지 못했다.

"김종민씨 가족입니까?"

경찰관이 엄마에게 다급하게 물었다. 넘버 원의 이름, 엄마가 헐떡이며 대답했다.

"네."

"이 분들도 가족이고요?"

"네."

"이리로 오시죠."

우리는 경찰관이 안내하는 대로 바쁘게 자리를 옮겼다.

"보이시죠?"

경찰관이 굴뚝 꼭대기를 가리켰다.

"김종민씨가 지금 저기에 4시간째 저러고 있습니다. 마지막 구간 계단은 쇠줄로 잘라버려서 우리 대원들도 올라가지 못하고 있는 상황입니다."

나는 경찰관이 가리킨 곳을 올려다보았다. 거기에 넘버 원이 있었다. 그 2m쯤 아래 소방 대원 두 명이 매달려 있었다.

"지금 발전기도 정지시켜놓은 상황입니다. 저분의 요구

사항을 회사에서 모두 수용하겠다고 했는데도 저러고 있습니다. 부인 되시는 분과 아이들이 좀 나서야 할 거 같아서 불렀습니다."

경찰관은 엄마에게 스피커폰을 건넸다. 엄마의 손이 떨고 있었다. 나는 엄마와 꼭대기에 서 있는 넘버 원을 번갈아 봤다. 상미는 손으로 눈을 가리고 울기 시작했다.

"아빠, 왜 그래, 우리가 왔어."

상미는 처음으로 아빠라는 호칭으로 넘버 원을 부르며 흐느꼈다.

"형, 형!"

엄마가 넘버 원을 불렀다. 주변 사람들이 엄마를 이상한 눈으로 쳐다봤다.

"왜 그래? 회사에서 형 요구사항 다 들어준다는데."

넘버 원이 고개를 젓는 모습이 보였다.

"얼른 내려와. 우린 이렇게 허무하게 가선 안 되잖아."

엄마는 울먹였다. 넘버 투가 스피커폰을 빼앗았다.

"선배, 왜 이래. 우리 맹세 같은 건 아무짝에도 소용없는 거야? 상택이랑 상미는 어쩌라고."

넘버 원의 눈길이 나와 상미에게로 왔다. 멀리 있었지만 느낄 수 있었다. 나는 손을 흔들었다.

"뭐해? 얼른 손 흔들어!"

나는 상미의 얼굴에서 손을 떼어내고 같이 흔들었다.

"선배, 먼저 간 우리 선배들을 무슨 낯으로 보려고 그래. 필종이 형이, 필종이 형도 선배가 이러는 거 바라지 않을 거야, 선배!"

필종? 나는 등골에 소름이 돋았다. 그 이름 언젠가 분명하게 들었었는데 어디에서 들었던 이름인지는 기억나지 않았다. 넘버 원이 난간 쪽으로 나가는 모습이 보였다. 사람들이 짧은 비명을 질렀다. 다시 엄마가 스피커폰을 받았다.

"형, 우리 집에 가자. 형 좋아하는 거 많이 해 놨어. 바지락 넣고 된장찌개도 해놨고 미역 줄기도 묻혀놨고…. 우리 집에 가자. 형 맘 나도 다 알아. 제발 집에 가자!"

넘버 원이 주머니에서 뭘 꺼냈다. 휴대폰인 듯했다. 잠시 후 다시 주머니에 집어넣었다. 내 주머니에서 휴대폰이 울렸다. 넘버 원의 메시지라는 걸 직감했다.

'아들, 넘버 투는 아직 철이 덜 들었다. 네가 가장이다. 엄마랑 상미 부탁한다. 난 너무 많은 거짓말을 했고 궁지로 몰아넣었다. 넌 그런 세상에서 살지 마라. 난 그런 세상을 바꾸기 위해서 가는 거다. 아빠 노릇 제대로 못 해서 미안타. 아들, 사랑한다.'

사람들의 외마디 비명이 귀에 박혔다. 상미는 기절했고 엄마는 쓰러졌다. 고개를 들어보니 굴뚝 꼭대기에 넘버 원의 모습은 보이지 않았다. 넘버 원은 허공의 중간쯤에서 새처럼 날고 있었다. 멀리 있었지만 난 보았다. 넘버 원은 분명 미소 짓고 있었다.

22. 가족의 발견

새해가 왔다. 우리는 이사 가지 않았다. 용산에서 참사가 일어나면서 강제로 밀어붙이는 재개발이 중단된 덕이었다. 나는 지난겨울부터 글을 쓰기 시작했다. 내가 보고 겪었던 일에 대해서, 내가 본 그대로 적기 시작했다. 어느 책에선가 도저히 쓰지 않고는 배길 수 없어 글을 쓴다는 글귀를 보았다. 내 심정이 그랬다. 대학에 가는 게 목표가 아니라 글을 쓰는 게 목표가 되었다.

숙영은 나를 꾸준히 만나러 왔다. 하지만 전처럼 술을 마시러 가진 않았다. 공원을 산책하거나 영화를 보는 게 전부였다. 민재와 선영은 학교와 학원만 오갔다. 동천은 지난겨울 검정고시에 합격한 후 사진 특기로 대학 입학을 앞두고 있었다. 축하해 주었다. 혜정이는 여전히 주유소 아르바이트를 하면서도 수석을 놓치지 않았다. 아주 가끔 그녀가 아르바이트 끝나는 시간에 찾아가 지하철을 타고 수원이나 인천까지 갔다가 서울로 돌아오며 이야기를 나누곤 했다.

그들과 나눈 모든 이야기가 내 글 속에 들어왔다.

통닭집은 꾸준히 장사가 됐고 넘버 투는 계속해서 넘버 투로 남았다. 그리고 새해에 들어서면서 비중 있는 조연을 맡게 되었다. 넘버 투는 지난가을 선영이 싸주었던 김밥 덕분이라고 너스레를 떨었다. 은연중에 내게 선영을 며느리로 삼겠다고 압박을 가했다. 난 10년쯤 후에나 생각해 보겠다고 대꾸했다.

우리 집 잔치는 항상 누군가의 생일로부터 시작되었다. 넘버 원이 떠난 후 누구보다 달라진 사람은 상미였다. 상미는 지난 학업 평가 시험에서 학교 수석을 했다. 엄마도 넘버 투도 나도 놀랐다. 상미는 대수롭지 않게 반응했다. 대신 상미의 얼굴에서 웃음이 사라졌다.

나는 흘려들었던 이름들에 관해서 묻지 않았다. 필종이라는 이름, 넘버 원과 같은 종민이라는 이름, 그리고 상희라는 이름. 나는 애써 알려고 하지 않았다. 당분간은 그래야 할 거 같았다. 넘버 원이 슬픔이 아니라 추억으로 남을 때까진 묻지 말아야 할 거 같았다.

상미의 생일이었다. 모처럼 가게 문을 닫았다. 엄마는 오늘 예쁘게 단장했다. 두 남자가 같이 살려고 대들 만큼 예뻤다. 내가 여자 보는 눈이 높아진 건 엄마 때문인지도 몰랐다. 적어도 엄마 정도의 미모는 되어야 내 여자 친구가 될 수 있지 않을까.

상미가 촛불을 껐다. 엄마, 넘버 투, 그리고 나, 모두 박수를 쳤다.

"상미야. 생일 축하해."

나는 새 스마트폰을 선물했다. 통닭을 아마 오백 번쯤 배달해야 살 수 있는 스마트폰이었다. 상미의 얼굴에서 오랜만에 미소를 보았다.

"그리고 우리 모두에게 또 하나 축하해야 할 일이 있어."

그때 엄마의 휴대폰이 울렸다.

"벌써 오셨어요? 아니에요. 제가 나갈게요."

엄마는 서둘러 가게 밖으로 나갔다. 넘버 투는 뭔가를 아는 눈치였다.

"뭐예요?"

"아들, 존댓말 쓰니까 어색해 평소대로 해." "뭐냐구요?"

"조금 있으면 알아."

엄마가 들어왔다. 혼자가 아니었다. 등에 작은 배낭을 멘 여자아이와 함께였다. 엄마는 주저하는 여자아이를 테이블 앞으로 데려왔다. 이제 갓 초등학교에 들어간 듯했다. 하지만 조숙해 보였다. 낯선 곳에서 울먹이지도 않았고 침착했다.

"현주야, 이제 우리가 네 가족이야. 나는 엄마, 여긴 아빠, 여긴 오빠와 언니."

나와 상미의 눈이 휘둥그레졌다.

"상택이랑 상미는 앞으로 현주 잘 대해줘."

상미가 의외로 현주 앞으로 바짝 다가갔다.

"나 상미야. 앞으로 그냥 언니라고 불러. 우린 가족이니까. 그리고 뭐든 나한테 물어. 난 너랑 같은 여자니까. 나 공부 되게 잘한다. 뭐든 물어보면 다 말해줄 수 있어."

상미가 현주에게 손을 내밀었다. 처음엔 주저하던 현주가 상미의 손을 잡았다. 상미는 현주를 의자에 앉혔다.

"엄마, 현주도 왔으니까 우리 생일잔치 다시 해. 불붙이고. 내 생일이기도 하고 우리가 새로운 가족이 되는 날이기도 하니까."

엄마가 다시 촛불을 붙였다.

"이번엔 현주가 촛불 끄는 거야."

상미는 현주의 등에 손을 얹고 노래를 불렀다. 사랑하는 우리 가족….

상미가 현주의 등을 가볍게 두드리자 현주가 촛불을 껐
다. 넘버 투와 엄마, 그리고 상미와 내가 현주를 가운데 두
고 서로 얼싸안았다. 넘버 원이 가고 현주가 왔다. 나도 모
르게 눈물이 흘렀다. 나는 처음부터 이들을 모두 사랑했다
는 사실을 오늘에서야 깨달았다. 머잖아 현주도 사랑하게
되리라는 것도.

문밖에 인기척이 느껴졌다.

"오늘 영업 끝났는데."

넘버 투가 문을 열고 밖으로 나갔다.

"상택이 있어요?"

"누구냐?"

"아저씬 누구세요?"

"이 놈 봐라. 난 상택이 아빠다."

"안녕하세요. 정말 젊어 보이시네요."

"진짜로 젊어."

익숙한 목소리가 들렸다. 나는 현주를 한 차례 쳐다본 후
자리에서 일어났다.

"아들, 누군지 몰라도 들어오라고 해."

엄마가 말했다.

문을 열고 나가자 동천이 서 있었다. 늘 패거리와 함께 다니더니 혼자였다.

"어쩐 일이야?"

나는 넘버 투에게 들어가라고 눈짓했다. 그가 동천을 꼼꼼하게 살폈다. 갈색 조끼에 꽁지 머리, 아디다스 츄리닝. 아디다스 츄리닝? 나는 그의 바지를 다시 한번 살폈다.

'뭔 일 있으면 불러.'

넘버 투가 눈으로 말하고 식당 안으로 들어갔다.

"어쩐 일이야?"

동천이 히죽 웃었다. 그러더니 한쪽 무릎을 꺾고 앉아 운동화 끈을 조였다.

"너 전에 그랬지. 달리면 기분 좋아진다며? 스트레스도 찢고 말이야."

"그랬지. 달리면."

"같이 달리자고 왔지."

나는 그를 쳐다보았다. 눈자위가 검었다.

"그냥 답답해서 찾아왔다. 혼자 달리긴 싫고."

나는 상미에게 전화를 걸었다.

"동네 한 바퀴 달리고 올 테니까 내 몫이랑 내 친구 몫이랑 남겨둬. 금방 온다니까."

신발 끈을 조였다.

"가족들 모임이야?"

"뭐 모임이라기보다 상미 생일이거든. 가족도 새로 생겼고."

"가족이 새로 생겨? 반려견 들여왔어?"

"아니. 여자아이. 자, 낙산 공원 배드민턴장까지 달려갔다오는 거야."

나는 출발 신호도 없이 먼저 튀어 나갔다. 멍하니 서 있던 동천이 반칙이라고 소리 지르며 쫓아왔다. 그 뒤를 동그라미에 가득 찬 달의 빛이 따라왔다.

달릴 수 있다면 달려

작가의 말

대학생이 되기 전까지 어느 누구에게서도 꿈이 무엇이냐는 질문을 받은 적이 없었다. 하긴 사는 데 꿈이 뭐 중요한 일일까. 그냥 사는 거지. 앞이라곤 보이지 않는 길을 걸어가는 거지. 얼마나 더 걸어가면 멈출 수 있는지도 알 수가 없었다. 되고 싶은 사람도 없었고 하고 싶은 일도 없었다. 그나마 갈 길 잃고 방황할 때 유일한 낙이 있다면 달리기였다.

태양이 화살처럼 내리꽂히는 날은 물론 비나 눈이 와도 달렸다. 숨이 턱 끝에 차오를 때까지 달리다 보면 미래에 대한 두려움은 물론 나를 둘러싼 이해할 수 없는 벽들도 털어낼 수 있었다. 마음은 공허해지고 입맛은 쓰고 막막한 절벽 앞에 서 있다고 느껴지는 날이면 달렸고 달리다 보면 세상

먼 어느 곳에서부터 달려왔을 미세한 빛 한 점이 보이기 시작했다. 그 빛이 어쩌면 우주에서 내게 보낸 빛이라는 엉뚱한 생각을 하기도 했다. 세월이 지나면서 그 빛은 때론 검고 노랗고 붉은 색을 띠기도 했고 어느 땐 엉뚱하게도 불행의 빛이거나 눈물의 빛이기도 했으며 행복의 빛으로 느껴지기도 했다. 어른이 된 후에야 새로운 모든 걸 공상하고 문장으로 만들어내는 일이 나의 진짜 달리게 되었다.

그렇게 이번에 오랫동안 달렸던 시절의 이야기를 가져왔다. 달리는, 달려야만 했던 소년과 소녀 그리고 어른들의 새로운 가족 탄생기다. 그리고 치킨을 나르며 살아가는 가장 흔한 세대의 이야기다. 어른이 되었다고 해서 길의 끝이 어디인지 알게 된 건 아니지만 가다 보면 언젠가 그 끝이 나오리라는 믿음은 생겼다. 그래서 오늘도 반쯤 걷고 반쯤 달린다. 누가 치킨 한 마리 시켜주면 더 잘 달릴 수 있을 것 같다.

봄이 시작되는 길에서
전민식

치킨런

1판 1쇄 2024년 01월 30일
지은이 전민식
펴낸이 손정욱
마케팅 이충우
일러스트 최진희
표지 오아오
펴낸곳 도서출판 답
출판등록 2010년 12월 8일 제 312-2010-000055호
전화 02) 324-8220
펙스 02) 6944-9077

이 도서의 국립중앙도서관 출판예정도서목록(CIP)은 서지정보 유통지원시스템
홈페이지(http://seoji.nl.go.kr)과 국가자료 종합목록 시스템(http://www.nl.go.kr/kolisnet)
에서 이용하실 수 있습니다.

이 도서는 한국출판문화산업진흥원의 '2023년 중소출판사 출판콘텐츠 창작 지원 사업'
의 일환으로 국민체육진흥기금을 지원받아 제작되었습니다.

ISBN 979-11-87229-80-3 03810
값 17,000원